CW01502350

1.

******

La notizia di una morte può essere inquietante.

In ogni famiglia gli effetti sono sempre diversi e talvolta molto diversi sugli individui e sui familiari coinvolti. Alcune delle persone colpite sono tristi e addolorate, altre non così tanto. Alcuni, pur turbati, si sentono sollevati. La maggior parte, tuttavia, prova amore e compassione per la perdita della persona amata.

Ogni volta che la famiglia e gli amici si riuniscono, molti ricorderanno e condivideranno ricordi affettuosi dei momenti più felici trascorsi e condivisi con i cari defunti.

Quando ho sentito la notizia della morte di mia zia, le mie emozioni sono state molto contrastanti.

Naturalmente mi sentivo dispiaciuto per i parenti stretti di mia zia. Ed ero triste per mia madre. Avrebbe sepolto la sua sorella più giovane. La perdita di un fratello fa ancora più male quando sei vicino. E sebbene fossero in due paesi diversi e a mille miglia di distanza, mia zia e mia madre erano rimaste vicine anche quando avevano superato gli ottant'anni. Ma la perdita di mia zia ha avuto su di me uno strano effetto. Per quanto triste possa avermi reso, mi ha anche fatto sorridere. E mi ha fatto venire voglia di essere dove sarebbe stata sepolta.

*****

La chiamata è arrivata un lunedì pomeriggio. Mia zia Joyce era morta durante la notte. È stato dopo una lunga battaglia con la malattia. Ha combattuto duramente. Le sue lotte e il suo coraggio sono durati attraverso molte battaglie. Ma alla fine, era una guerra che non poteva proprio vincere. Sua figlia, mia cugina più giovane, avrebbe seguito il

LAGO DI CRISTALLO

SALEM DEVINE

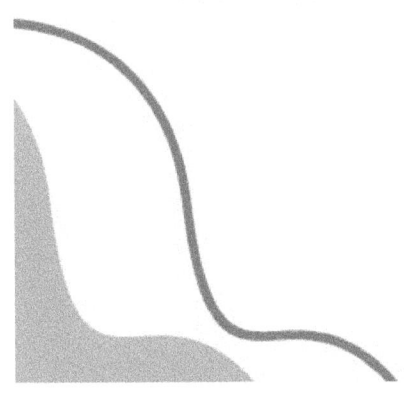

PIPIT INC. PRESENTA CON AMORE

****

LAGO DI CRISTALLO

****

SALEM DEVINE

desiderio di sua madre di farla cremare. Quindi le sue ceneri sarebbero state sparse in più aree in cui era cresciuta o un tempo aveva vissuto. Ma la cerimonia, insieme ad alcune ceneri gettate al vento, si svolgerà sabato, a Crystal Beach, in Ontario.

Crystal Beach era ed è una piccola città del Canada. Non è lontano dal confine di Buffalo, New York. Una volta fiorente città di parchi di divertimento. Adesso era l'ombra della festa e della comunità di gioco di una volta. Ora è una pittoresca comunità residenziale di pensionati sul lago. Le sue strade, un tempo alla ricerca di emozioni forti e piene di turisti, ora sono più rilassate con bar, birrerie artigianali e ristoranti alla moda.

Non ci andavo da più di trent'anni, ma quando ho ricevuto la notizia ho promesso a mio cugino che sarei stato lì entro giovedì, al più tardi, per rappresentare la mia parte della famiglia.

*****

Per caso, mio nipote Liam era a casa mia quando arrivò la chiamata. Come ogni altro diciottenne, era in pausa estiva. Avevamo programmato di andare a pescare non lontano da dove viveva la mia famiglia, vicino ad Arlington, ma quando gli dissi che sarei andato a nord, si offrì di venire con me per il giro. L'idea di liberarsi dalle faccende domestiche gli sembrava buona.

Non essendo il tipo che rifiuta la compagnia, ho accettato la sua generosa offerta e sono andato a prenderlo a casa di mio figlio mercoledì mattina presto e di buon mattino.

*****

"Liam, hai portato il passaporto?"

"Affermativo, signore."

"Che ne dici di una camicia elegante e una giacca? Non posso mai dire quanto saranno casual cose come questa."

"Controlli, signore."

"La smetta subito con queste stronzate, signore, altrimenti tirerò fuori le mie vecchie credenziali e farò rinchiudere il suo furbo culo in cella finché non comincerà la scuola in autunno."

"Signor sì, signore."

Il mio piede ha toccato i freni dello Yukon rallentandolo di circa 10 miglia all'ora. Ho messo il segnale e ho fatto finta di tirare a destra.

"Va bene. Gesù, nonno. Mi fermerò, ma solo per tenere il mio culo dispiaciuto fuori di prigione."

Liam è un bravo... no... è... è un bravo ragazzo. Mi ricorda suo padre, mio figlio. Ed entrambi mi ricordano me. Abbiamo così tanti tratti uguali che a volte è sorprendente.

"Allora, dimmi ancora dove stiamo andando."

"Canada. Passavo le mie estati lassù quando avevo la tua età."

"Dolce. È il posto con le vecchie giostre spaventose di cui ci parli?"

"Stesso luogo."

"E se le corse erano così schifose, perché continuavi a tornarci ogni estate?"

"Nemmeno una volta ti ho detto che le giostre erano schifose. Te l'avevo detto che non erano all'altezza degli standard di ciò che i parchi di divertimento hanno da offrire al giorno d'oggi. Tutte le montagne russe che vanno più veloci della velocità del suono. No, queste non erano Non è così. Queste giostre avevano stile. Ti spaventavano a morte, con stile Inoltre, il parco non era l'unica ragione per cui continuavo a tornarci.

"Oh... écoutons-le. Est-ce que Crystal Lake est l'endroit où tu as rencontré grand-mère ?"

"Plage. Crystal Beach. Et non. J'ai rencontré votre grand-mère à l'académie. Elle était l'une des nombreuses infirmières qui y travaillaient."

"Alors qui t'a fait revenir ?"

"Un vieil ami."

"Parle moi d'elle."'

"Pas une seule fois je n'ai dit 'elle'. Et même si c'était 'elle', c'est une longue histoire."

"Plus de neuf heures ? Parce que le GPS indique que nous sommes à plus de neuf heures."

Mon histoire était celle que je n'avais racontée qu'à ma femme, et même alors, je ne lui en ai raconté que des portions. Mais pour une raison quelconque, j'ai eu besoin de parler à quelqu'un de mes étés dans le Nord. N'importe qui. Et Liam était juste à côté de moi, donc c'était lui le destinataire. Même si je lui racontais mon histoire, je savais que je ne ferais que rejouer les détails graphiques dans ma tête.

Se souvenir de l'histoire n'était pas difficile. Il n'était pas nécessaire de fermer les yeux pour voir le passé. Non, chaque fois que j'entendais les mots Crystal Beach ou le nom de ma tante Joyce, les souvenirs affluaient dans mon cerveau, me donnant une poussée de dopamine et une surcharge de joie dans mon cœur. Car c'est là, dans une petite ville du Canada, que j'ai rencontré l'amour de ma vie.

*****

Mon oncle Jack est venu me chercher à la gare routière de Buffalo. Le 30 juin. Ce serait ma première fois au Canada dans quelques années.

Je m'en souviens très bien parce que j'étais énervé de rater la fête du 4 juillet que mon équipe de baseball allait organiser, mais ma mère m'a promis que j'allais me régaler. Le Canada avait sa propre sorte de parti. Le 1er juillet. Et parce que de nombreux Américains vivaient au bord du lac à Crystal Beach, ils ont également célébré le 4 juillet. Elle a dit que ce serait une double fête. Même si j'étais réticent à aller au Canada, j'étais heureux de l'avoir fait. C'est là que j'ai rencontré l'amour de ma vie. Une fille savait que je finirais par me marier.

Le break dans lequel il est venu me chercher avait la taille d'un bus. Une marquise de Mercure. De la pure magie des années 70. Il était si doux qu'il glissait et flottait sur l'autoroute. Et sans bouger la roue, elle se balançait d'un côté à l'autre. C'est presque comme s'il essayait de vous endormir.

Leur maison était sur le chemin Alexandra. Je me souviens très bien à quel point c'était étrange. Petite cour avant. Avec un porche très proche de la rue. Mais avec un grand jardin arboré. J'ai aussi trouvé drôle qu'à cette époque, personne n'utilisait son jardin. Ils étaient tous assis sur leur porche.

C'était étrange de passer mon été avec eux, car ils avaient à peine assez de place pour eux-mêmes. Ils étaient quatre personnes vivant dans une maison de deux chambres, mais ils avaient un porche arrière très frais. Il y avait une moustiquaire pour empêcher les insectes d'entrer et il y avait un grand toit en surplomb pour protéger du soleil et de la pluie. Ce devait être ma maison jusqu'à la fin août. Mon tout premier été loin de chez moi.

*****

"L'amour de ta vie ? Wow, est-ce que grand-mère était au courant de ça... de cette fille ?"

"Jeri. Ouais. J'ai tout raconté à ta grand-mère. Et ce Jeri m'a un jour sauvé la vie. Littéralement."

"Comment ?"

"J'ai avalé trop d'eau du lac et Jeri a cru que je me noyais. Comme elle le raconte... elle m'a sauvé la vie."

"A-t-elle ?"

"Non."

"Qu'en a pensé grand-mère ?"

"Eh bien, elle a pensé que je devrais essayer de renouer avec Jeri. Contactez-la ou recherchez-la sur Facebook. Quand grand-mère était mourante, elle m'a fait promettre que je le ferais."

"As-tu."

"Non. Je n'ai pas pu me résoudre à le faire."

"Ça a l'air dommage. Qui connaît Pops. Peut-être qu'elle t'attend là-bas."

"Puis-je continuer ?"

"Je vous en prie." Mon petit-fils a dit avec un petit rire sarcastique dans la voix.

*****

Mon premier jour à Crystal Beach n'incluait pas la plage. Il a été passé avec ma tante et mon oncle. Nous avons beaucoup parlé de ma mère et des autres membres de la famille pendant toute la journée. Nous avons rattrapé ce qui était ancien et nouveau. Joyce et Jack m'ont accueilli chez eux à bras ouverts et m'ont dit que j'étais libre de me promener dans la petite ville à volonté, mais d'être prudent.

La vieille valise que j'avais apportée avec moi dans le bus n'était pas grande. Ma tante et mon oncle disaient que je n'avais pas besoin de grand-chose car ils faisaient la lessive trois fois ou plus par semaine, donc je n'avais pas besoin de deux mois de linge.

"Oh... sentiamo. È Crystal Lake il luogo in cui hai incontrato la nonna?"

"Beach. Crystal Beach. E no. Ho conosciuto tua nonna all'accademia. Era una delle tante infermiere che lavoravano lì."

"Allora chi è stato a farti tornare indietro?"

"Un vecchio amico."

"Dimmi di lei.'"

"Nemmeno una volta ho detto 'lei'. E anche se fosse una 'lei', è una lunga storia."

"Più di nove ore? Perché il GPS dice che mancano più di nove ore."

La mia storia era quella che avevo raccontato solo a mia moglie, e anche allora le raccontai solo alcune parti. Ma per qualche motivo avevo bisogno di raccontare a qualcuno delle mie estati al nord. Chiunque. E Liam era proprio accanto a me, quindi sarebbe stato lui il destinatario. Anche se gli avrei raccontato la mia storia, sapevo che avrei riprodotto solo i dettagli grafici nella mia testa.

Ricordare la storia non è stato difficile. Non c'era bisogno di chiudere gli occhi per vedere il passato. No, ogni volta che sentivo le parole Crystal Beach, o il nome di mia zia Joyce, i ricordi fluivano nel cervello dandomi una scarica di dopamina e un sovraccarico di gioia nel mio cuore. Perché è stato lì, in una piccola città del Canada, che ho incontrato l'amore della mia vita.

*****

Mio zio Jack mi è venuto a prendere alla stazione degli autobus di Buffalo. Il 30 giugno. Sarebbe la mia prima volta in Canada in pochi anni.

Lo ricordo chiaramente perché ero incazzato per aver perso la festa del 4 luglio che la mia squadra di baseball avrebbe organizzato, ma mia madre mi aveva promesso che mi sarebbe stata una sorpresa. Il Canada aveva una specie di festa tutta sua. Il 1 luglio. E poiché così tanti americani vivevano lungo il lago di Crystal Beach, festeggiavano anche il 4 luglio. Ha detto che sarebbe stata una doppia festa. Per quanto riluttante fossi ad andare in Canada, ero felice di averlo fatto. È stato lì che ho incontrato l'amore della mia vita. Una ragazza che sapevo che alla fine mi sarei sposata.

La station wagon con cui mi è venuto a prendere era grande quanto un autobus. Una marchesa di Mercurio. Magia pura degli anni Settanta. Era così liscio che scivolava e galleggiava lungo l'autostrada. E senza muovere la ruota, oscillava da un lato all'altro. Quasi come se stesse cercando di farti addormentare.

La loro casa era in Alexandra Rd. Ricordo chiaramente quanto fosse strano. Piccolo cortile. Con un portico molto vicino alla strada. Ma con un grande cortile alberato. Trovavo anche divertente come a quei tempi nessuno usasse il proprio cortile. Erano tutti seduti sulle verande.

Era strano che passassi l'estate con loro, perché avevano a malapena spazio per sé. Erano quattro persone che vivevano in una casa con due camere da letto, ma avevano una veranda sul retro molto fresca. Era schermato per tenere lontani gli insetti e aveva un grande tetto sporgente per tenere lontani il sole e la pioggia. Sarebbe stata la mia casa fino a fine agosto. La mia prima estate lontano da casa.

*****

"L'amore della tua vita? Wow, la nonna ha mai saputo di questa... questa ragazza?"

"Jeri. Sì. Ho raccontato tutto di lei a tua nonna. E che Jeri una volta mi ha salvato la vita. Letteralmente."

"Come?"

"Ho ingoiato troppa acqua del lago e Jeri pensava che stessi annegando. Come racconta lei... mi ha salvato la vita."

"Ha fatto lei?"

"NO."

"Cosa ne pensava la nonna?"

"Beh, ha pensato che avrei dovuto provare a riconnettermi con Jeri. Contattala o cercala su Facebook. Quando la nonna stava morendo, mi ha fatto promettere che l'avrei fatto."

"Hai fatto."

"No. Non potevo convincermi a farlo."

"Sembra un peccato. Chissà papà. Forse è là fuori ad aspettarti."

"Posso continuare?"

"Per favore fallo." disse mio nipote con una risatina sarcastica nella voce.

*****

Il mio primo giorno a Crystal Beach non includeva la spiaggia. L'ho passato con mia zia e mio zio. Abbiamo praticamente parlato di mia madre e degli altri membri della famiglia per l'intera giornata. Abbiamo recuperato ciò che era vecchio e nuovo. Joyce e Jack mi hanno accolto nella loro casa a braccia aperte e mi hanno detto che ero libero di vagare per la cittadina a mio piacimento, ma di stare attento.

La vecchia valigia che avevo portato con me sull'autobus non era grande. Mia zia e mio zio dicevano che non avevo bisogno di molto perché facevano il bucato tre o più volte a settimana, quindi non avevo bisogno di panni per due mesi.

Quindi ho messo la custodia su un supporto di legno e l'ho aperta. I contenuti erano gli stessi della maggior parte dei ragazzi della mia età. Scarpe da ginnastica. Jeans. Pantaloncini di jeans. Magliette. Costume da bagno. Biancheria intima. E una mezza dozzina di riviste Hot Rod.

Il vecchio lettino era molto più comodo di quanto sembrasse. Il materasso imbottito di cotone era stato costretto a sottomettersi. Sembrava quasi che avessi paura di "non" adattarsi al tuo corpo quando ti sdrai su di esso.

È stato da lì, da quel lettino, da quel materasso, che l'ho vista per la prima volta.

Con la mia rivista in aria, stavo leggendo di una Chevy Highboy del 1955. Una coupé tosta con un possente blocco motore. Ero così preso dalla storia che quasi mi mancava vedere il movimento con la coda dell'occhio.

Lo sportello della vecchia tenda militare si aprì. Nel cortile del vicino c'era una tenda di tela verde oliata. Joe e Rita, ero sicuro che avesse detto mia zia.

Una ragazza più o meno della mia età è salita ed è uscita dall'interno della tenda. Le sue piccole braccia facevano oscillare un vecchio sacco a pelo in modo che pendesse da una vecchia corda da bucato. Sembrava minuscola, ma era abbastanza lontana. I suoi capelli unti e la scelta dell'abbigliamento le davano un aspetto molto "maschiaccio". Sì, la maglietta, i jeans tagliati, i calzini di lana grigia, arrotolati fino alla cima delle sue Converse alte, cancellarono definitivamente molte tracce di femminilità. Ma mentre camminava verso il recinto, era facile capire che era una lei. E più si avvicinava, più era evidente. Quando la ragazza si fermò e appoggiò le mani sulla recinzione arrugginita, vidi che era una ragazza molto carina.

"Ehi. Sei tu Andy?" mi gridò dal suo cortile.

In piedi in modo che potesse vedermi. ho urlato di rimando. "Sì. Sei tu Rita?"

"Rita? No. Cosa? Perché pensi che fossi Rita. Chi ti ha detto..."

Aprendo la vecchia zanzariera, entrai per la prima volta sulla lunga erba non falciata e nel cortile alberato.

"No. Mi dispiace. Joyce mi ha detto che Rita e Joe vivevano lì. Devo aver confuso le case."

"Non è vero. Mio fratello e la sua pazza moglie vivono qui. Ma lei si chiama Shirley."

"Bella tenda. Dormi qui?" Ho chiesto. Cambiando argomento.

"Sì. Fa un caldo tremendo di giorno. Ma di notte, se lascio lo sportello aperto, posso vedere la luna e qualche stella. Dove dormi tu, la casa di Jack e Joyce non è molto grande."

Indicando il lettino sulla veranda sul retro, Jeri annuì.

"In realtà è più comodo di quanto sembri."

"Lo stesso vale per la tenda," concordò lei.

"Vai a trovare tuo fratello?"

"No. Sono qui per l'estate. Faccio da babysitter mentre sono al lavoro, ma sono libera quasi tutte le sere se hai voglia di andare al parco."

"Certo. Sì." Da dove diavolo viene il nome Rita, ho pensato.

"Ci sei mai stato?" chiese guardandomi da capo a piedi.

"No. Beh, sì, l'ho fatto, ma è stato come cinque anni fa."

"Non è cambiato molto. A parte il fatto che ora probabilmente puoi andare su tutte le giostre."

"Forse avrei potuto farlo cinque anni fa. E se fossi stato alto per la mia età?"

Jeri aveva un sorriso carino. Si arricciava dall'angolo delle sue labbra sottili.

"Divertente. Ogni canadese che vive da queste parti a tempo pieno, pensa che gli americani abbiano un bastone nel sedere, ma era divertente."

C'era qualcosa nel vicino. Mi piaceva. Forse era l'aspetto baciato dal sole della sua pelle e dei suoi capelli. Forse era il modo in cui sorrideva e i suoi occhi penetranti. O il modo in cui rendeva così facile parlare con lei. Ma qualunque cosa fosse. Mi è piaciuta subito.

"Sì. Andare al parco sembra una buona idea. E la spiaggia?"

"Lavoro qui durante la settimana. E quando mio fratello torna a casa, di solito è troppo tardi per prendere il sole."

"Oh..." dissi. Potrebbe sembrare che fossi rimasto deluso. Quindi Jeri trovò immediatamente una soluzione.

"Possiamo portare i bambini con noi."

"Scusate," ho chiesto. Non sono sicuro di cosa intendesse.

"Durante il giorno, quando lavoro. Se vuoi andare in spiaggia, posso. Possiamo portare i bambini con noi al lago. A loro piace giocare nella sabbia. Questo se non ti dispiace che ti taggano lungo."

"Niente affatto. Non mi dispiacerebbe affatto."

"Bene. C'è molto da fare qui intorno. Ma nessuno con cui farlo. Se rimani qui tutta l'estate, sarebbe bello avere qualcuno con cui uscire."

Tendendo la mano come per suggellare l'accordo, ci siamo stretti.
"Andy."

"Sì, lo so. Ricordi? In realtà ti ho chiamato per nome."

"Scusa. Ma sembri una Rita," ridacchiai.

La sua mano strinse la presa. Cercò di stringere sempre più forte.

"Faresti meglio a riprendertelo, furbo."

Ci siamo sorrisi come fanno spesso gli adolescenti del sesso opposto. Avevamo ancora stretto la mano dell'altro quando siamo rimasti scioccati e siamo tornati alla realtà.

"Andy, cena." Mia zia gridò da qualche parte all'interno della casa.

"Il Joyce," sorrise Jeri.

"Sì. La zia Joyce." Chinandomi, aggiunsi. "Mia madre non è per niente come lei."

"Beato te. Domani vai con loro ai fuochi d'artificio?"

"Probabilmente."

"Vuoi sederti insieme?"

"Certo. Sembra una buona idea. Forse puoi farmi fare un giro?"

*****

La mia prima notte è stata tranquilla.

Sdraiato nella completa oscurità, osservavo Jeri camminare dalla casa alla sua tenda. Lei guardò oltre. Non c'era modo che potesse vedermi, ma chiamò comunque.

"Buona notte, Andy."

"Buonanotte, Rita."

"Coglione," ridacchiò tra sé mentre chiudeva il lembo della tenda dietro di sé.

*****

Sia la famiglia di mia zia che la famiglia della porta accanto si sono recate al lago per i fuochi d'artificio il 1° luglio. Come a casa, i canadesi non hanno paura di far esplodere qualche esplosivo.

Tirando 2 vagoni, 1 pieno di bambini e l'altro pieno di bevande e snack, ci siamo diretti verso un luogo con una buona vista del cielo. Era in un parco in riva al lago. Proprio accanto al Palmwood Hotel. Le nostre due famiglie trovarono un posto e Shirley e Joyce stesero le coperte.

Jeri si avvicinò a suo fratello che era impegnato a bere birre con mio zio. Ha detto qualcosa sulle rocce e subito dopo mi ha preso per il braccio.

Seguendola lungo la spiaggia, siamo saltati giù dalla sabbia e abbiamo scalato un muro artificiale formato da enormi massi rocciosi.

"Eccolo. Questo sarà il posto perfetto", ha detto Jeri. Lei infilò una mano nella borsa e tirò fuori una tozza bottiglia marrone. Le parole Black Label erano sul davanti. Usando un apriscatole che aveva, staccò il tappo di metallo, si portò alla bocca il bordo superiore di vetro e bevve un lungo sorso. "Ecco", disse. Porgendomi la bottiglia.

"Bevi molta birra?"

"Stai scherzando? Joe mi ucciderebbe. Conta la sua birra. Ma stasera penserà che Jack ne abbia bevute una o due per errore, quindi siamo al sicuro."

Nervoso sarebbe stata una buona parola per descrivere come mi sentivo. E non era solo la birra. Stasera era la prima volta che stavo con una ragazza da sola. Sarebbe la prima volta che bevo birra, e sarebbe la prima volta che le labbra di una ragazza si scontrano con le mie. Voglio dire, non avevano effettivamente toccato il mio, ma li guardavo mentre accarezzavano la bottiglia marrone. Me lo ha consegnato senza pulirlo, quindi nei miei libri questo è stato classificato come contatto diretto. La cosa più vicina a un bacio che possa esserci.

*****

"Vai tu, nonno. Bambino ribelle. Minorenne che beve in un paese straniero. Sono sorpreso che tu non sia finito in una cella di prigione."

"Vuoi sentire la storia o no? Piccolo stronzetto."

"Oh, storia fino in fondo. È bello, ma non posso trattenermi quando aggiungo un piccolo commento secondario."

"Commento a margine. È così che lo chiami quando mi cinguetti."

"Va bene, mi fermo. Ma vai avanti. Finalmente inizia a diventare interessante."

*****

Ci siamo passati la bottiglia avanti e indietro finché non è scomparsa. Jeri rimise il vuoto nella borsa e tirò fuori una seconda bottiglia.

"L'ultimo. Ne ho potuti rubare solo due." Mi ha guardato perché dovevo averla guardata in modo strano.

"Che cosa?"

"Niente."

"Non importa la stronzata del 'niente', dimmi."

"È... beh... se ne avevi due per cominciare, perché non hai..." Esitai.

"Cosa? Perché non ho fatto cosa?'"

"Perché non avevamo ciascuno il nostro?"

"Perché stavo cercando di mantenere l'altro tranquillo. E per tua informazione, è più facile nasconderne uno che nasconderne due. Quindi, se entrambi ne avessimo uno, le nostre possibilità di essere scoperti sono doppie. Inoltre, io non lo faccio." ho dei chooties, quindi baciami il sedere."

"Chi ha detto che avevi i chooties? Io non l'ho mai detto. Io..."

"Ti ho osservato. Volevi così tanto pulire il tappo della bottiglia che ti tremava la mano. Devi pensare che io abbia dei germi femminili."

"Non è vero."

"Oh sì, lo è. E dovrei essere più preoccupato per te. Probabilmente sei tu quello che va in giro a pomiciare con circa un milione di ragazze all'anno."

"Un milione? Davvero? Un milione? Sono circa un paio di migliaia al giorno. Le mie labbra sarebbero super crude. Wow. Voi ragazze canadesi siete pazze."

"Canadese."

"Che cosa?"

"Sono ragazze canadesi. Non si dice 'ragazze canadesi.'"

"Perché no?"

"Credimi, non lo farai."

Lo spettacolo pirotecnico è stato piuttosto bello. Per essere una piccola città, illuminarono il cielo per venti minuti buoni. Jeri aveva in mano la nostra bottiglia di birra. Faceva abbastanza caldo a questo punto, ma non importava. Ha bevuto il suo ultimo sorso e avrei giurato di averla vista far scorrere la lingua sul bordo della bottiglia, prima di porgermela. Era più che probabile che dimostrasse la sua tesi.

Imperterrito, mi misi in bocca la punta della bottiglia e vuotai il liquido rimanente. Quando ebbi finito, le restituii la bottiglia.

"La migliore birra che abbia mai bevuto."

"Oh sì. Quante birre hai bevuto, Andy?"

"Incluso quello."

"Sì, compreso quello."

"Uno."

"Wow. Faresti meglio a rallentare, ragazzo duro." Jeri frugò nella borsa a tracolla e tirò fuori un pennarello. "Devi andare direttamente a casa?"

"No. Almeno non credo."

"Bene. Dammi la mano."

Tenendomi la mano, Jeri ha usato il pennarello per scrivere e disegnare qualcosa sul retro. Poi si leccò il pollice e lo strofinò sull'inchiostro ancora bagnato. Fece la stessa identica cosa con se stessa, mise via il pennarello e sorrise.

"Là."

"Lì cosa?"

"Ecco, adesso possiamo entrare nel parco."

"Puoi entrare nel parco con un pennarello magico in mano?"

"Cavolo... hai mai superato un anno a scuola? Andiamo. Te lo faccio vedere."

"Funzionerà?"

"Avventura Andy. Si chiama avventura."

*****

Siamo tornati con il nostro gruppo e abbiamo ricevuto una lezione su come stare fuori troppo tardi e stare fuori dai guai. Dopo che tutti erano d'accordo su un orario giusto per noi per essere a casa, siamo corsi all'ingresso del parco per cercare di fare qualche giostra prima dell'orario di chiusura.

La mano si è girata verso l'esterno e, in aria, abbiamo mostrato al ragazzo che lavorava al cancello il nostro timbro falso. Ha chiesto perché avevamo lasciato il parco. E per quanto disinvolto possa essere, Jeri gli ha mentito.

"Mio fratello non può fare la cacca nei bagni pubblici. Siamo dovuti correre a casa perché potesse andare."

"Non vi ho visti andarvene."

"Siamo usciti dall'altra uscita perché restiamo lì."

La sua mano ci fece segno di entrare. Stasera sarebbe stata la prima volta che andavo sulle giostre di un parco divertimenti con una ragazza.

Jeri ha provato a trascinarmi attraverso il parco. Sapeva dove voleva essere, ma io non avevo fretta. Le luci, i suoni e gli odori erano sufficienti per farmi venir voglia di sedermi e guardare il mondo che passava.

Prima che sapessi dove eravamo. Eravamo in fila per il Ciclone.

"Prima questo. Poi gli autoscontri. E prima di tornare a casa, il Comet."

Il vecchio sottobicchiere di legno mi ha spaventato. Gli autoscontri mi hanno fatto ridere. Ma la Cometa. La cometa mi ha spaventato a morte. È stato enorme e veloce. C'erano così tante storie su persone che... beh... che erano morte durante il viaggio. Ma non ne ero proprio sicuro.

"Va bene," ho detto. Tremando mentre l'ho detto.

La formazione del Comet è stata lunga. Siamo riusciti a malapena a tagliare. Subito dopo esserci messi in fila, hanno messo una catena davanti all'ingresso. Saremmo una delle ultime auto della notte.

In modo abbastanza innocente, Jeri mi prese la mano mentre aspettavamo. La sua pelle era calda contro la mia. Era la prima volta che mi tenevo per mano, ma era qualcosa che avrei fatto quotidianamente per i successivi 2 mesi.

La bestia d'argento si fermò davanti a noi. Per fortuna, eravamo seduti in prima fila. Una visione senza ostacoli della morte imminente se le montagne russe avessero deciso di lasciare i binari e schiantarsi nel lago sottostante.

I miei occhi mi imploravano di chiuderli mentre prendevamo la lenta e lunga salita verso la cima. Ma non potevo. Ho dovuto guardare. E quando abbiamo raggiunto il punto in cui abbiamo iniziato a scendere, Jeri ha lasciato la mia mano dalla sua, ha urlato e ha lanciato entrambe le braccia in aria. Io invece mi sono aggrappato alla barra con tutte le mie forze, finché le nocche non sono diventate bianche.

"Porca miseria. È stato davvero divertente. Lo facciamo ogni sera. Ogni singola notte."

Jeri non ha avuto problemi a mostrare la sua eccitazione. E ora che i miei piedi erano saldamente piantati sull'asfalto, mi sentivo come se potessi vivere.

"Sembra una bella cosa," mentii.

La sua mano afferrò la mia. Tirandomi mentre correva, uscimmo dal parco e seguimmo la folla diretta verso le loro auto. Eravamo bambini, ci comportavamo da bambini. Era estate. E l'estate era fatta per divertirsi.

*****

Da quella notte in poi, abbiamo trascorso insieme ogni ora libera. Al parco, allo scivolo acquatico o in spiaggia.

Alcuni giorni prendevamo le bici di Joe e andavamo a Point Abino e pescavamo un po'. Era sempre facile catturare una dozzina di persici o spigole. Joe o mio zio Jack pulivano i pesci e li friggevano su un piccolo falò nel cortile di Joe.

Tutto ciò che riguardava l'estate era fantastico, ma uno dei miei ricordi preferiti era il parco e quanto fosse bello per l'epoca.

A differenza di oggi, le cose sembravano migliori. Un bicchiere di succo freddo di Loganberry. Una cialda di zucchero Crystal Beach. Uno dei polloni aromatizzati che vendevano all'uscita di Erie Rd. Il sapore aspro e increspato del limone era il mio preferito. Jeri adorava il cocco. Queste cose erano tutte basi di un tempo passato. E ricordo anche che il posto era immacolato, perché la gente raccoglieva la spazzatura solo per poterla mettere nella bocca di Leo il Leone e guardare con stupore mentre veniva risucchiata via.

Questo è il momento in cui ho trascorso la mia prima estate con Jeri. Mano nella mano, guardando il mondo che passa. Amici che vivono una vita spensierata. Parlando della scuola, della famiglia e degli amici a cui saremmo tornati entrambi una volta finita l'estate. Ma fu una lunga estate con tanti giorni, finché non ne rimasero molti.

*****

Joe e Shirley lavorarono entrambi fino a tardi lunedì, martedì e mercoledì della settimana in cui sarei partito. Jeri e io abbiamo passato un po' di tempo insieme. Ma non siamo arrivati al parco, né abbiamo parlato davvero. Invece, entrambi andavamo in giro in motorino.

Giovedì è stata la mia ultima notte. Sarei partito la mattina per il mio autobus a Buffalo.

Quando Joe arrivò a casa, Jeri corse verso il cortile di mia zia e mio zio. Siamo partiti senza che nessuno di noi avesse cenato. Mi sono guardato in tasca. $ 7,38. Se il pennarello magico di Jeri fosse riuscito ancora una volta a introdurci di nascosto nel parco, avremmo potuto vivere alla grande con i soldi che avevo.

Fu solo quando eravamo al Laff in the Dark che mi resi conto di quanto fossimo diventati vicini io e Jeri. La sua mano, come al solito, trovò la mia. Ma stasera sembrava tenerlo ancora più stretto. E ogni volta che ci sedevamo, la sua testa arrivava alla mia spalla.

"Tornerai l'estate prossima?"

"Sì. Joyce mi ha già detto che potevo. E a Jack piace non dover fare lavori in giardino. A te?"

"Sì. Shirley odia tutti, quindi sono io la babysitter dichiarata." Il suo braccio era unito al mio e l'altra mano mi teneva per il bicipite. "Ti troverai una ragazza quando torni a casa?"

"Non tu?"

"Io, cosa?"

"Hai intenzione di trovare un ragazzo?"

Entrambe le sue mani mi strinsero.

"Ne ho già uno. È un ragazzo yankee molto carino."

"L'ho incontrato?" Scherzavo.

"Sì. È carino. Ma è un idiota."

"Sembra qualcuno che conosco."

"Sì, lo fa sicuramente."

*****

Il parco è chiuso per la notte. Era finito. La mia estate a Crystal Beach era giunta al termine. Con un sacchetto di 10 gusti assortiti di polloni del parco, siamo partiti.

Purtroppo, Jeri e io trascinammo i piedi mentre camminavamo insieme lungo Derby Rd. Era tardi e ben oltre il coprifuoco di Jeri mentre ci dirigevamo verso casa. Mano nella mano con la testa appoggiata sulla mia spalla.

Avevo una sensazione di vuoto, quasi di vuoto alla bocca dello stomaco. C'erano così tante cose che volevo dire. Volevo fare così tanto. Ma ero un ragazzino.

Ci siamo fermati all'angolo tra Derby e Victoria. In silenzio osservavamo la massa di insetti che brulicava sulle lampadine sopra i lampioni. Jeri mi trascinò sotto un enorme acero che spiccava nel terreno all'angolo. L'albero era così grande che ci riparava dalla luna e dalla luce proveniente dal lampione.

C'erano lacrime nei suoi occhi. La mia ragazza maschiaccio. Vestita con pantaloncini di jeans e una felpa piangeva. Era la prima volta che la vedevo farlo e mi ha spezzato il cuore.

"Non puoi restare un'altra settimana?"

"Lunedì comincio la scuola. Una settimana prima di te. Te l'avevo detto..."

"Puoi restare fino a domenica?"

"Mi piacerebbe, ma devo essere a casa per iscrivermi alla squadra di baseball della scuola."

"Mi scriverai?"

"Sì."

"Chiamerai?"

"Prometto."

Jeri mi premette contro. Si alzò in punta di piedi e mi sorprese a morte.

Le sue labbra toccarono le mie. Era la prima volta nella mia vita che baciavo davvero una ragazza. Ricorderò sempre la sensazione delle sue labbra morbide al sapore di cocco mentre toccavano le mie. Non durò a lungo. Non abbastanza a lungo. Potrebbe essere durato un minuto, ma in quello che sembrò un lampo, finì e Jeri stava correndo lungo la strada. Stava scappando da me e da ciò che il domani avrebbe portato. Le ho urlato dietro, ma le mie chiamate sono rimaste senza risposta.

La mattina dopo caricai il mio zaino sul sedile posteriore della Mercury di mio zio e andai alla casa accanto. Non c'era risposta. Nessuno era a casa. Jeri e i bambini se n'erano andati. Non era lì per salutarci. Durante la nostra estate insieme mi aveva detto che aveva problemi con gli addii e che probabilmente non l'avrei vista quando me ne sarei andato. Fedele alla sua parola, ho lasciato il Canada con solo ricordi e una borsa piena di idioti di Crystal Beach.

*****

"Non mi hai dato del filo da torcere per aver saltato una staccionata per intrufolarmi in un concerto?"

"Che cosa?"

"Continui a dire che siete entrati di nascosto nel parco senza pagare."

"È una situazione fai come dico. Inoltre, non è stata una mia idea."

"Guarda il nonno che usa i doppi standard a causa di una ragazza."

"Una ragazza molto carina. E tutto quello che hai ricavato da quella parte della storia è che mi sono intrufolato nel parco?"

"Sì, beh, chi avrebbe mai pensato che avresti infranto la legge?"

"Ero un bambino."

"Aspetta che dica a tutti quanto eri un coglione."

"Ecco dove avremo un problema. Nessuno tranne te sentirà mai questa storia."

"Quindi, non finisce qui, vero? Voglio dire, andiamo. Voi ragazzi dovete aver fatto amicizia."

"Lascia che ti racconti dell'estate successiva."

"Bene, vai avanti. Mi stai uccidendo."

2.

Le numerose lettere e le numerose telefonate durante i lunghi dieci mesi in cui eravamo stati lontani forse non erano sufficienti a prepararmi alla trasformazione di Jeri.

Quando sono sceso dalla station wagon di mio zio, mi sono diretto dove pensavo potesse essere.

Era nel cortile di Joe e Shirley con i bambini. Stava stendendo la biancheria quando entrai nel cortile. Senza avere idea che sarei arrivato una settimana prima, l'ho sorpresa da morire quando ha sentito sua nipote chiamare il mio nome.

Per un momento, la sua sorpresa sembrò quasi infantile. I suoi piedi si girarono e puntarono verso l'interno, e si portò il pollice alla bocca come se stesse masticando l'unghia. Immediatamente ho potuto vedere le lacrime. A differenza dell'ultima volta che l'ho vista, queste erano lacrime di gioia.

La prima cosa che ho notato che mancava era lo stile goffo di un diciassettenne che avevo conosciuto l'estate scorsa. No, la diciottenne Jeri che camminava verso di me era una donna. Completamente. Completamente. Bellissimo.

Jeri era cresciuta in molti modi. Altezza. Seni. Bellezza. E si era riempita in modo tale che ora aveva delle curve dove non ce n'erano così tante l'anno scorso. Inoltre, i suoi capelli biondo sporco erano più lunghi ed erano stati tagliati in uno stile più femminile.

"Hey bellissima."

Le sue mani afferrarono la mia maglietta e le sue dita si avvolsero nel cotone. La sua fronte si insinuò sotto il mio mento. Potevo sentire il

25

suo corpo tremare mentre singhiozzava. Le mie braccia l'abbracciarono forte, tenendo il suo corpo accanto al mio. Lo stretto abbraccio mi ha ricordato l'estate prima, quando eravamo seduti sulla spiaggia a guardare la luna.

"Mi sei mancato così tanto," sussurrò e tremò nel mio petto.

"Anche tu mi sei mancato."

Raccogliendo le sue emozioni. Jeri si allontanò, guardò il mio viso e sorrise. Erano passati dieci lunghi mesi dall'ultima volta che eravamo stati insieme, ma nel giro di pochi secondi eravamo tornati al punto in cui ci eravamo interrotti. Perché senza pensarci due volte, Jeri lasciò andare la mia maglietta e mi afferrò il viso. Questo bacio era molto più appassionato di quello che mi aveva dato l'estate prima. Quello sotto la copertura scura del vecchio acero sembrava un semplice bacio in confronto a questo.

Non volendo farle pressione, ho lasciato che Jeri prendesse l'iniziativa con il suo bacio. All'inizio erano solo labbra. Ma col passare dei secondi, la punta della sua lingua scivolò sulle mie labbra e premette le mie finché non si separarono e permisero alla carne indagatrice di entrare nella mia bocca. Abbracciandomi così forte, i suoi seni si premettero fermamente contro la durezza del mio petto.

Lascio che la mia mano scivoli lungo la sua schiena. Si stava dirigendo verso il suo culo. Ma arrivò solo fino al passante della cintura dei suoi pantaloncini di jeans.

"Ehi, piccola stronzetta. Sei arrivata fin qui e non sono la prima persona che saluti. Immagino di sapere chi è più importante nella lista degli abbracci e dei baci da queste parti. Ehi, Jeri."

"Ciao, Joyce," rispose Jeri con una risatina. Silenziosamente nel mio collo, sussurrò: "The Joyce".

Non mi ero nemmeno preso la briga di chiederle se era a casa quando siamo arrivati. Ma mia zia aveva ragione. Vedere Jeri era in cima alla mia lista di cose da fare. Lei era la mia priorità numero uno. Di gran lunga.

Rilasciando la presa su Jeri, saltai la staccionata e abbracciai mia zia. Non nello stesso modo in cui avevo abbracciato Jeri, ma era pur sempre un abbraccio. Inoltre, le ho baciato la guancia.

"Come sta la mia zia preferita? Le sono mancato?"

"Sì. E da quello che ho appena visto, immagino che mi mancherai per tutta l'estate, perché non ti vedrò molto nemmeno quest'estate."

Sia Jeri che io arrossimmo e ridemmo. Nel profondo, speravo che fosse vero.

Quella sera ci sedemmo tutti fuori, sulla veranda. Joe e Shirley. Jack e Joyce. Jeri ed io. Una riunione.

Abbiamo parlato di tutto, da come era andata la scuola, ai prossimi fuochi d'artificio alla possibilità di vita aliena su altri pianeti. Per tutto il tempo che siamo rimasti seduti lì, Jeri è stata premuta contro di me, tenendomi il braccio.

Quando la notte finì, tutti guardarono per vedere cosa sarebbe successo tra noi. Ma era il nostro primo giorno insieme. Eravamo ancora così giovani e inesperti. Non volevo esercitare alcuna pressione su nessuno di noi due, né affrettare le cose.

Allora ci siamo detti "buonanotte" e la mano di Jeri ha stretto la mia.

*****

Riprendere da dove avevamo interrotto l'anno prima ci è sembrata la cosa più naturale del mondo.

Durante il giorno portavamo i bambini in spiaggia con noi. La maggior parte delle volte i miei cugini si univano a loro. Per una settimana di fila ho potuto stare insieme alla ragazza più bella della sabbia. Il suo bikini sexy mi prendeva in giro e mi prendeva in giro con ogni mossa che faceva. E la sera, vestita con maglietta e pantaloncini, era altrettanto sexy. Non importava se saremmo andati al parco o semplicemente in centro. Finché eravamo insieme.

Era proprio come l'estate prima. Tutto è rimasto uguale, finché non è cambiato.

*****

Uno dopo l'altro, i fulmini illuminarono il nero cielo di mezzanotte. Le scariche elettriche furono seguite da forti tuoni che fecero tremare la casa e il portico. Rimasi ad aspettare e osservare.

"Andy?" la sua voce dolce proveniva dall'interno della vecchia tenda di tela.

"Sì. Ho ragione."

"Ho paura."

I miei piedi toccavano appena il suolo.

Avevano iniziato a cadere spruzzi di pioggia mentre saltavo la staccionata e attraversavo la porta già aperta della tenda.

Gli occhi di Jeri brillavano di tracce di lacrime.

"Mi dispiace."

"Per quello?"

"Per essere un gatto spaventoso," singhiozzò nel mio petto mentre la abbracciavo.

"Shhhhh..."

"Puoi restare? Per favore..."

"Shhhhh...."

Il picchiettio costante delle gocce di pioggia colpiva la tela mentre Jeri giaceva avvolta tra le mie braccia. Il suo cuore martellante rallentava e si calmava ad ogni respiro che faceva.

Con un bacio amorevole, strinsi il suo corpo caldo contro il mio. Ho tenuto il suo corpo tremante finché non ci siamo addormentati. È stata la prima notte che abbiamo dormito insieme.

*****

Al mattino Jeri mi scosse dolcemente.

"Joe non riesce a trovarti qui."

Ho capito. Indossavo solo i boxer. Indossava solo una maglietta. Era quello che indossavo quando ho saltato la recinzione la sera prima. Ed era il suo normale abbigliamento da notte. Anche se non è successo nulla, probabilmente non sarebbe stato bello se qualcuno mi avesse visto com'ero. Ma Jeri non ha aiutato la situazione.

Con un altro dei suoi baci sexy brevettati e il fatto che fosse mattina, avevo un problema.

"Oh mio Dio. Sei... puoi... come nasconderai quella cosa quando te ne andrai?" mi sussurrò mentre aprivo la cerniera della tenda.

"Non ne sono sicuro. Spero solo di non farmi male saltando la recinzione."

Si udì la risata di Jeri dietro di me mentre abbassavo il lembo della tenda.

*****

Dato che era ancora una mattina piovosa, mi sono unito a fare alcune commissioni con mia zia e i miei cugini. Quando tornammo, Jeri era sulla veranda con i bambini a cui faceva da babysitter. I suoi cugini.

"Vieni da me mentre preparo il pranzo per questi ragazzi," chiese in modo seducente.

"Appena porto la spesa."

A piedi nudi. Ma vestito con pantaloncini e top bikini. Jeri iniziò a preparare il pranzo per i bambini.

Quando imburrò le fette di pane, il suo sedere si mosse leggermente. Quando versò il succo in un paio di bicchieri, si mise la mano sulla pancia piatta. Ogni mossa che faceva sembrava una posa. E quando posava i drink davanti ai bambini, le sue braccia incrociavano abbastanza da stringere insieme i seni. Si morse persino il labbro inferiore nel modo più seducente. Apparentemente la nuova Jeri non aveva problemi ad essere sexy. Questa non era la ragazza dell'anno scorso. No. Era una versione completamente nuova. Seni perfetti e un piccolo cammello quasi impercettibile. Basta il minimo spazio e si inarca la cucitura del cavallo dei suoi jeans.

Questo Jeri mi stava guardando per fare una mossa. Potevo dirlo, ma il mio corpo sembrava essere congelato sul posto.

In preda alla frustrazione, Jeri sbuffò e sbatté una lattina di cibo in scatola sul bancone della cucina.

"Che succede? Ho fatto qualcosa di sbagliato?"

"No. Non hai fatto niente... proprio."

"Allora perché sei..."

"Oh, non lo so. Pensavo che forse ti sarebbe piaciuto dormire con me ieri notte."

"Stai scherzando, vero? Ieri sera è stata la migliore."

"E allora perché non..."

"Cosa? Perché non ho fatto cosa?"

"Niente."

Il suo "niente" era sicuramente "qualcosa". Jeri era sconvolta.

"Immagino che l'idea di Summer Lovers non si realizzerà." Poiché non risposi, posò l'apriscatole e guardò le dita della mano destra. "Bene ragazze. Sembra che saremo di nuovo io e te per tutta l'estate."

"Summer Lovers" mi ha lasciato sbalordito. Ma quando ha fatto riferimento alla masturbazione, ero in piena modalità calzino.

"Che cosa?"

"Non preoccuparti. Se sei troppo occupato. Mi prenderò cura di me stesso."

Avvicinarsi in modo che i bambini non potessero sentire. Colmo la distanza tra noi e sussurro: "giochi con te stesso?"

"Andiamo, Andy. Mi stai dicendo che non l'hai mai fatto, nemmeno una volta? Dimmi che ti sei toccato."

"Non ti dico niente."

"Quando protesti vuol dire che ti sei toccato."

"Non sto protestando."

"Allora stai mentendo. Voglio dire, è una cosa molto naturale da fare."

"E lo fai?" Ho chiesto. Ero ancora scioccato dal fatto che avesse sollevato l'argomento. Ma sono rimasto ancora più scioccato dalla sua risposta.

"Certo che lo faccio."

"Assolutamente no. Non ti credo."

"È vero."

"Fammi vedere," dissi senza pensarci.

Il suo sorriso era malvagio. Jeri sorrideva da un orecchio all'altro. Era come se l'avessi sfidata a fare qualcosa di brutto e lei ci stesse pensando.

"Tipo, proprio qui. Proprio adesso?"

"No. Non voglio che tu venga arrestato, ma sicuramente suona bene."

"Maiale", disse mentre finiva il resto della sua soda e mi sputava addosso un cubetto di ghiaccio.

Il resto della nostra giornata è stato trascorso con sua nipote e suo nipote. Non era difficile fare da babysitter a loro e averli con noi ci ha dato molto tempo per uscire. Ma dopo la nostra chiacchierata a pranzo oggi, Jeri non era dell'umore giusto per parlare. C'era troppa tensione nell'aria.

Alla fine, è arrivato il momento per me di andarmene. Piacevo a Joe e Shirley, ma non sono sicuro che gli piacesse trovarmi da solo a casa loro mentre i loro figli avrebbero dovuto fare da babysitter.

"Hai voglia di fare una passeggiata stasera?" Ho chiesto. Cercando di rompere il ghiaccio e di farla parlare di nuovo.

La testa di Jeri oscillava da una parte all'altra.

"Vuoi andare al parco?" ho chiesto. Un altro "no".

Non sembrava che avesse intenzione di parlare, ma alla fine lo fece e le sue parole mi sorpresero.

"Aspetta fino a dopo le undici. Salta la recinzione e raggiungimi nella tenda."

"Perché, mi fai vedere come ti tocchi?" dissi in tono sarcastico.

"Forse."

"Cosa? Davvero? Promesso?" chiesi in rapida successione. La sua risposta mi aveva scioccato.

"Forse."

*****

"Porca miseria, nonno. È stata la prima notte che avete fatto sesso?"

"No. Gesù. Vorrei non aver cominciato a raccontarti questa storia."

"Oh sì, lo fai. Posso sentire nella tua voce quanto sei eccitato. Finora, le tue estati a Crystal Beach sembrano le giornate più belle di sempre. Inoltre, ci sta aiutando ad ammazzare il tempo e a creare legami mentre guidi verso il nord Polo."

"Lo erano. Lo erano davvero. Oggi, con tutto quello che tutti hanno a loro disposizione, sembrano banali. Ma allora, amico, erano i migliori. E basta con le stronzate del Polo Nord o uno di quei canadesi potrebbe prenderti a schiaffi."

"Scommetto."

*****

Come se fosse un cavallo da tiro, ho saltato la recinzione sotto la luce della luna piena. L'unico suono fu un piccolo tonfo quando le mie scarpe da ginnastica atterrarono sull'erba umida sotto i miei piedi. Doveva essere abbastanza forte, perché mentre mi avvicinavo alla tenda, il rumore dell'enorme cerniera sulla grande porta della vecchia tenda militare che veniva aperta, mi riempì le orecchie.

"Indossare quei pantaloncini così puoi nascondere la tua erezione quando esci?" Jeri mi prese in giro quando vide che ero completamente vestita.

"Sì. Vedo che anche tu hai altro da fare stasera."

"Non pensavo che saresti venuto."

"Sì. Beh, forse non pensavo che saresti stato qui."

"Eppure eccomi qui, ragazzo di città", disse con veleno nella voce. Indicò un sacco a pelo steso sul terreno accidentato e mi fece cenno di sedermi.

"Jeri, se sei incazzato con me, dimmi cosa ho fatto per farti incazzare."

"Niente."

"Se non ho fatto 'niente', allora perché sei arrabbiato con me?"

"Gesù, sei ottuso Andy. Sono incazzato perché non fai sempre nulla. Avevamo diciotto anni. Voglio che tu faccia qualcosa. Qualunque cosa. Provalo. Se non mi piace, ti dirò di smetterla."

"Sono qui solo da meno di due settimane. Cristo."

"Sì, due settimane. Ma anche l'anno scorso ero sempre io a fare la prima mossa. Ricordi?"

"No", fu la mia risposta. Ero troppo scioccato dal fatto che mi fosse stato dato il via libera. Ho allungato la mano per toccarle la tetta.

"Non adesso, idiota. Se lo fai adesso, ti sembrerà di costringerti a farlo."

"Jeri, io..."

"Onestamente, stai zitto. Pensavo che avresti provato qualcosa ieri sera. Ma non l'hai fatto, quindi ho dovuto escogitare un altro piano, ma sto cercando di trovare il coraggio per portarlo fino in fondo. E noi..." dovrò stare zitto."

Jeri aveva sempre un "piano" e normalmente non aveva bisogno di ulteriore coraggio per portare a termine qualunque cosa avesse sognato. Quindi, lei che mi diceva che stava cercando di raccoglierne un po', mi aveva preoccupato.

Chinandomi, metto le dita sotto il mento della bella bionda e lo sollevo. Andando avanti, toccai le mie labbra e la mia lingua contro le sue. Ci siamo baciati a lungo. Così a lungo che il suo respiro cominciò a calmarsi.

Il nostro bacio è stato speciale perché, come aveva richiesto Jeri, avevo fatto una mossa. Continuando, la mia mano toccò la pelle nuda della sua schiena e del suo fianco, finché non la spostai sul sedere. In un lampo, la sua mano coprì la mia e la tirò via. Ero andato troppo oltre? La mia preoccupazione era tornata.

Ma fortunatamente la mia preoccupazione era fugace. È scomparso ed è scomparso per sempre non appena ho visto Jeri abbassarsi e sbottonarsi i pantaloncini di jeans.

Si portò un dito alle labbra come per zittirmi. Sapevo abbastanza per stare zitto mentre guardavo stupito. Ho visto Jeri togliersi i pantaloncini attillati e abbassarsi le mutandine di cotone gialle. Rimase seduta davanti a me con addosso solo un bikini e calzini da ginnastica. Il suo cespuglio biondo e peloso e l'oscurità erano le uniche cose che nascondevano il tesoro che voleva che vedessi.

Sollevandole le ginocchia, rimasi sbalordito quando le sue gambe si aprirono e lei mise il palmo della mano sulla "Y" rosa tra di loro.

"BENE?"

"Quindi cosa?" Ho chiesto. Senza sapere quali fossero le sue intenzioni.

"Hai intenzione di costringermi a farlo da solo?"

"No. Voglio dire... cosa... vuoi che... mi dica cosa... mi hai detto di stare zitto."

"Gesù Cristo, Andy. Togliti quei maledetti pantaloni."

Con un rapido movimento, sia i miei pantaloncini che i miei boxer furono al mio fianco. A differenza di Jeri, la mia eccitazione era molto evidente. Stava sporgendo verso l'alto. Puntando direttamente verso la luna sopra di noi.

"Andy... porca miseria..." disse con la torcia puntata verso il mio inguine.

"Cosa? Cosa c'è che non va."

"Non c'è niente che non va. È solo che... beh, sporge. Il mio è un po' nascosto. E il tuo... sembra grande."

"Non è così grande. Ho..."

"Hai cosa? È molto più grande del mio dito, ed è il primo vero che abbia mai visto. Quindi, per me, è grande."

Ho sorriso con orgoglio. Fanculo. Se pensa che sia "grande", chi ero io per discutere con lei?

Il mio piede tremava. Attesa e anticipazione della prossima mossa di Jeri. Eravamo nudi dalla vita in giù. Ad eccezione dei nostri calzini. Quando Jeri si portò le dita alle labbra e ci sputò sopra, capii che l'attesa era finita.

Jeri spostò le sue dita cariche di sputo in posizione e immediatamente iniziò a fare piccoli cerchi stretti sulla sua figa. La sua mano si mosse lentamente in una rotazione in senso orario. Eravamo a meno di un metro e mezzo di distanza. Non un centimetro della nostra pelle toccava gli altri. Eppure gemetti ad alta voce solo nel vedere quello che stavo vedendo.

"Ti piace quello?" chiese. A bocca asciutta, potei solo annuire. "Bene. Guarda questo."

Anche se era difficile da vedere, la guardavo mentre usava le dita per aprire le labbra sulla sua figa pelosa. Esposta, potevo vedere lo splendore dell'umidità sulle sue regioni inferiori. Era bagnata e io ero incredibilmente duro. Quando affondò dentro di sé la punta del dito medio, fino alla prima nocca, gemetti di nuovo.

"Pensavi di aver detto che non lo fai mai?"

Senza pensarci e nemmeno notarlo del resto. Mi resi conto che la mia mano aveva avvolto il mio cazzo e mi stavo accarezzando.

"Ho mentito."

"Oh, lo so."

Facendo quello che voleva, le dita di Jeri tornarono a lavorare sul suo clitoride. Il movimento circolare era una cosa del passato. Ormai era diventato un dannato movimento con un contatto rapido e diretto sulle sue parti più sensibili. Scrutando e accarezzandosi direttamente di fronte a me.

"Cosa..." deglutii. "E... il tuo imene?"

"Capito. È...ancora dentro di me," ansimò Jeri.

Per dimostrare il suo punto, Jeri fece scivolare un dito dentro la sua umidità e si fermò quando raggiunse la barriera cutanea.

Era troppo per me.

Lo spettacolo era diverso da qualsiasi cosa avessi mai visto. Le attrazioni. Gli odori. Mai nella mia vita ero stato così emozionato come in quel preciso momento.

Senza alcun preavviso, ho espulso un enorme carico di sperma dal profondo di me. Come un'esplosione silenziosa, il mio sperma si è alzato e fuoriuscito. La maggior parte dei globi colpì o cadde sulla coscia e sulle gambe di Jeri. Il resto cade in modo innocuo e casuale su una vecchia coperta di lana rannicchiata sul sacco a pelo.

Se quello che stava facendo a se stessa non era abbastanza per portarla oltre il limite, lo era l'idea di avere la gamba piena del mio sperma.

Jeri inclinò la testa all'indietro e si coprì la bocca con la mano libera. Il suo orgasmo mi sembrava forte, ma ero nella sua stessa tenda ed ero seduto più vicino di quanto non fossi prima che iniziasse. Dovevo essere così vicino. Dovevo essere accanto a lei. Toccando la sua carne nuda. Perché la vista era incredibile.

I movimenti delle sue mani rallentarono. Non si sono fermati. Ma hanno rallentato. Jeri si prese il tempo necessario per tornare sulla terra dalla montagna che aveva scalato in precedenza.

Quando si fermò completamente, alzò la mano e mi mostrò l'umidità.

Con una mossa che sorprese entrambi, le portai la mano al viso. Li ho tenuti sotto il naso e me li sono infilati in bocca. Uno dopo l'altro, le ho succhiato le dita. Immediatamente, ho capito che ero dipendente dal gusto e dall'odore dei suoi succhi.

Jeri mi sorrise mentre usava i miei boxer per pulire le goccioline di sperma dalle sue gambe. Nella foga del momento, le ho chiesto di masturbarsi.

"Quanto spesso lo fai?"

"Stasera è stata la prima volta che lo facevo davanti a qualcun altro."

"Veramente?"

"Cosa intendi con 'davvero'? Oh certo, 'davvero'. A chi altro diavolo avrei potuto farlo davanti?"

"Non lo so. Forse... un altro ragazzo? Un fidanzato da queste parti?"

"Cosa diavolo pensi che abbia fatto? Niente. Non ho fatto altro che aspettare e sperare. Mi sono riservato per te. Per quest'estate. Per questo momento. Il momento in cui mi farai un donna."

"Non avevi un fidanzato a casa?" chiesi con quella che doveva essere un'espressione scioccata sul viso.

"Perché? Ho un ragazzo qui. Sei tu, Andy. Voglio che sia tu. Voglio essere la tua ragazza quest'estate. Ma dimmi subito se hai una ragazza. E non mentirmi."

Mi girava la testa. Non c'era posto al mondo in cui volessi essere in questo momento se non dove mi trovavo attualmente. A un passo dalla mia "ragazza".

"No. Niente fidanzata. Ti stavo aspettando."

"Questo è il problema Andy. Tu mi 'aspetti' sempre."

C'era uno strano silenzio nella tenda. Nessuno di noi due si mosse per vestirci, perché sembravamo entrambi congelati sul posto.

La mia mente stava facendo gli straordinari. Volevo mostrare a Jeri che potevo essere spontaneo e aprire la strada. Ma mi sembrava quasi di tremare nel profondo.

Anche se la mia maglietta era ricoperta dello sperma che avevo recentemente spruzzato su tutta la sua gamba, ero ancora inorridito.

*****

"È troppo divertente, nonno."

"Perché è divertente?"

"Perché ho fatto la stessa cosa con Amy, nella tua casetta in piscina. Eravamo..."

"Per favore, non farlo. L'idea che tu faccia qualcosa con quella dolce e innocente ragazzina semplicemente..."

"Credimi, nonno, non è sempre così dolce. E non è nemmeno innocente. Ma non preoccuparti, non mi lascerà andare fino in fondo. Mallory lo ha fatto. Ma Amy ha il caveau ben chiuso."

"Liam. Forse dovremmo rallentare e fermare il tempo della storia. Non voglio che tu ti faccia un'idea sbagliata. Non spetta a me..."

"Andiamo, papà. Se hai intenzione di fermarti, salterò giù dal tuo camion. La storia sta arrivando alle parti più interessanti. Ho sempre pensato che fosse bello che tu volassi sugli aerei dell'aeronautica, ma questa storia sta iniziando per farti sembrare uno stallone. Diavolo, ora voglio seguire ancora di più le tue orme."

Continuare era sbagliato. Lo sapevo. Ma continua, l'ho fatto.

*****

"Nemmeno io", le ho detto. Probabilmente non ne avevo bisogno. La mia inesperienza era molto evidente. "Mi dispiace, comunque. Perché... sai... ti è venuto addosso."

"Faceva piuttosto caldo. Disordinato, ma caldo."

Jeri aveva raccolto le sue mutandine. Li sollevò come se si stesse preparando a rimetterli. Non essendo sicuro se, o quando, un'opportunità come questa si ripresenterà, ho raccolto un sacco di coraggio.

"Prima di metterlo via, posso... posso... toccarlo?"

"Esso? Forse 'esso' non vuole che tu lo tocchi." Doveva essere riuscita a vedere la delusione sul mio viso. "Ti dirò una cosa. Dici le parole. Chiama 'questo' in qualsiasi altro modo diverso da 'quello', e forse ti lascerò toccare."

"Figa. Jeri, posso toccarti la figa?"

"Meglio. Provane un altro."

"Strappare."

"E?"

"Vagina."

"L'ultimo. Inizia con la "C"."

"Non lo dico."

"La tua perdita," mi Jeri mentre cominciava a infilare il piedino attraverso la piccola apertura delle mutandine.

"Okay, okay, okay... posso per favore toccarti... la fica?"

"Guarda chi è un ragazzone."

"Sì. E guarda chi è una ragazza di campagna con la bocca sporca."

"Bocca banale?"

"Assolutamente. Mi ha fatto chiamare con un brutto nome la tua bella fighetta."

"Bello?"

"Più che altro bello."

Jerry si voltò e spostò un cuscino in modo che fosse appallottolato e si appoggiò allo schienale in modo che la sua testa vi fosse appoggiata sopra. Ha aperto le gambe e la sua figa nuda si è aperta a meno di un braccio da me. Lanciandomi uno sguardo sornione e leccandosi le labbra, le sue dita aprirono la regione inferiore.

"Pensi che sia bello?"

"Assolutamente."

"Vuoi dare un'occhiata migliore?"

"Certo che lo faccio," le dissi mentre la parte superiore del mio corpo si avvicinava al suo corpo.

"Delicatamente. E non spingermi le dita fino in fondo dentro. Non ho intenzione di perdere la mia ciliegia per un dito. Anche se appartiene a te."

All'inizio la mia mano non le toccava nemmeno la figa. Invece, mi sdraiai accanto a lei e usai la mano per massaggiarle l'interno della coscia mentre baciavo le sue labbra gonfie e la guancia.

"È bello."

"Bene. Dimmi se comincia a dare fastidio..."

La cosa non deve disturbarla affatto. La sua lingua oltrepassò le mie labbra e entrò nella mia bocca e la sua mano libera afferrò la mano che stavo usando per massaggiarle la coscia e la trascinò giù fino a quando non fu sopra la sua figa.

"Ecco. Strofinami lì."

I capelli erano morbidi e ricci. Non era una novità. Mi ero toccato i peli pubici. Ma quello che giaceva sotto era un animale completamente diverso, proveniente da un mondo completamente diverso.

La figa di Jeri era calda, bagnata e gommosa al tatto. Come aveva fatto lei, le ho massaggiato il clitoride in modo circolare. Come aveva fatto lei, ho usato il dito medio per dividerle le pieghe. E ho usato il pollice per manipolare il suo duro clitoride.

"Quello. Proprio così."

Le sue parole facevano sentire bene quello che stavo facendo. Ma quando le sue dita si avvolsero attorno alla mia asta dura, mi fece sentire ancora meglio.

"Andy, ti senti enorme nella mia mano."

"Solo perché hai le mani piccole."

"Sul serio. Non sono sicuro che questa cosa entrerebbe nella mia figa o nella mia bocca."

Jeri saltò. Quando ha detto quello che aveva, il mio cazzo sussultava e pulsava da solo. Solo il pensiero e l'idea che il mio cazzo fosse dentro o comunque vicino a quelle due cose, mi faceva sul punto di venire di nuovo.

"Giù ragazzo. Non sta succedendo in questo momento. Stavo solo commentando la cosa."

Quella notte, Jeri mi ha mostrato esattamente come le piaceva essere massaggiata. L'ho provato ancora e ancora finché i suoi denti non mi hanno morso il collo e lei ha urlato nella mia pelle.

Con me, non aveva bisogno di dirglielo. Il mio cazzo era un libro aperto. Prendilo, accarezzalo e dimostragli un po' di affetto. Verrà. E non molto tempo dopo che Jeri aveva raggiunto l'orgasmo, ho dipinto il mio stomaco e la sua mano con una seconda spruzzata di gelatina.

Siamo rimasti insieme il più a lungo possibile. A mia zia e a mio zio non poteva importare di meno dove dormivo. Ma Joe e Shirley svegliavano Jeri ogni mattina perché potesse entrare in casa e prendersi cura dei bambini.

I nostri giorni successivi furono gli stessi. Siamo usciti. Sono andato al parco. Ho fatto alcune giostre. Tornò a casa e pomiciò nell'oscurità della sua tenda.

Se solo venerdì sera fossimo riusciti a passare un po' di tempo da soli insieme.

3.

Con gli altri ci siamo seduti sulla veranda. Jeri è stata la prima a dire

"buonanotte". L'ho seguita fino al recinto laterale e ho sussurrato.

"Dove stai andando? Non vuoi restare qui per un po'?"

"Salta la staccionata dopo che sono andati a letto."

"Sembra bello, ma questa volta devi essere completamente nudo per me."

"È così?"

"Lo è se vuoi che giochi con quella figa perfetta. Voglio giocare con quelle tette perfette."

"Sule? Davvero? Li chiamano così dalle tue parti? Gesù."

Con un piccolo pugno d'amore scomparve nell'oscurità.

Quando sono arrivato era nuda. Abbiamo giocato e ho passato la notte.

Nelle due settimane successive ci siamo avvicinati sempre di più. Eravamo già amici. Ma con i discorsi che abbiamo avuto e il tempo che abbiamo trascorso insieme. Siamo diventati qualcosa di più. Qualcosa di più grande. Qualcosa di meglio.

In spiaggia. Costruire castelli di sabbia con i figli di Joe e i miei cugini. Abbiamo parlato di ogni argomento che volevamo. Niente era vietato. Nessuno di noi ha sentito alcuna pressione nel rispondere. Ma non siamo mai stati timidi nel chiedere.

"Se potessi realizzare un sogno, quale sarebbe?"

Sorridendo, rotolai verso di lei sulla sabbia bianca e le toccai la gamba.

"A parte questo," rise.

"Volare. Voglio così tanto pilotare gli aerei. Tu?"

"Aiutare le persone. Voglio lavorare in un ospedale. Magari con i bambini che hanno bisogno del mio aiuto. Penso che sarebbe molto bello essere un'infermiera pediatrica."

"Sarai l'infermiera sessista del mondo."

"Oh, sì? Dovrei dirti quanto sarai figo come pilota?"

"No. Non devi dirmelo. So già che pensi che io sia sexy."

"Davvero. E qualunque cosa ti abbia dato quell'idea ridicola," chiese.

Chinandosi in modo che nessuno tranne lei potesse sentire, "perché mi hai lasciato giocare con la tua figa".

Il suo sguardo scioccato ed eccitato era molto sexy. Arricciò il labbro inferiore e lo succhiò tra i denti bianchi perlati.

"Forse ero disperato."

"Certo che lo eri. Avevi un disperato bisogno che ti facessi venire. Più di una volta, potrei aggiungere."

"Andy! Gesù."

Anche se non avevano idea di cosa stessimo parlando, tutti i ragazzi si fermarono e poi si voltarono a guardarci quando Jeri urlò il mio nome.

"BENE?" ho scherzato.

"Mio Dio. Ho creato un mostro. Quando tornerai a casa, l'America non sarà più la stessa."

*****

Quella notte nella tenda, abbiamo realizzato i volti di animali e cani sui lati utilizzando le torce come controluce. Ancora una volta, abbiamo parlato e parlato.

"Vuoi dei figli quando sarai più grande?"

"Sì. Sicuramente. Tu?"

"Almeno uno. Voglio dire, se ho intenzione di diventare un'infermiera. Suppongo che potrei vedere il modo di prendermi cura di uno dei miei," rise.

"Un giorno sarai una mamma fantastica."

"Si pensa?"

"Assolutamente. E sarò un buon papà."

"Finché non fai accadere queste cose stasera," disse una voce dall'oscurità.

"Il Joyce", abbiamo detto all'unisono.

Quando fummo sicuri che fosse rientrata, Jeri si avvicinò a me e mi puntò la torcia in faccia.

"Prendo la pillola da quando avevo quindici anni."

"Vuol dire..."

"Non significa niente stasera. Almeno non con tua zia in agguato nell'oscurità."

"Posso toccare tutti i tuoi punti divertenti?" La stuzzicavo con le labbra e i denti mordicchiando il suo collo morbido.

Senza rispondere, il top e i pantaloncini del suo costume da bagno furono tolti e gettati nell'angolo della tenda.

*****

Il venerdì successivo fu il giorno, o dovrei dire la notte, che cambiò per sempre la mia vita.

Per qualche ragione durante il giorno, Jeri era in ansia. Muoversi per casa in modo sconsiderato. Parlava senza sosta e lei non era proprio quella normale.

Giovedì mi aveva chiesto se avevo voglia di fare qualcosa la sera successiva, ma non avevo idea di cosa avesse programmato. Sapevo solo che significava che saremmo andati a fare un giro con l'auto dei suoi fratelli.

Durante il giorno portavamo ancora una volta i bambini in spiaggia. I miei cugini si sono uniti a noi di nuovo e noi sei ci siamo divertiti moltissimo. Ma Jeri era davvero in un fuso orario diverso. Stava quasi vibrando e non riuscivo a capire cosa ci fosse che non andava.

"Ci vediamo fuori dopo la doccia", furono le sue parole d'addio quando tornammo a casa.

*****

Con Jeri al volante, l'auto di Joe seguì la riva del lago verso Fort Erie. Quando ha svoltato a sinistra, ci siamo fermati davanti a un posto in cui non ero mai stato.

Il cartello diceva. Mustang Drive In.

La mia ragazza aveva preso in prestito l'auto di suo fratello Joe. Ha portato con sé un piccolo frigorifero pieno di ghiaccioli e una manica o due di Pringles. Ho pagato il biglietto d'ingresso e Jeri ha parcheggiato molto vicino all'ultima fila. Ben lontano dagli altri veicoli.

Scavalcando il sedile, salì sul sedile posteriore. Sistemando i cuscini e le vecchie coperte di lana che aveva portato dalla tenda. Sorridendo, arricciò l'indice e mi fece cenno di salire con lei dietro.

Abbiamo guardato buona parte del primo film in riproduzione. Abbiamo guardato e aspettato finché fuori fosse bello e buio. La maggior parte della gente era venuta a vedere il film successivo. Caddyshack sarebbe presto apparso sul grande schermo. È stato l'evento principale. Beh, suppongo sia stato l'evento principale per quelli di noi che venivano a vedere i film.

Ma di me, non me ne sarebbe potuto importare di meno. Perché il mio "evento principale" era seduto accanto a me. E lei si stava togliendo i pantaloncini dalle gambe abbronzate. Era giovane, bella e quasi nuda. Era il mio appuntamento e ne ero molto entusiasta.

Il solo fatto di stare accanto a lei mi emozionava. Ho fatto del mio meglio per nascondere la mia erezione mentre mi allacciavo i pantaloncini.

Quella sera era la prima volta che andavo in un drive-in da solo con una ragazza. E con mia sorpresa, dove sedevamo non è mai stato in discussione. Jeri lo aveva pianificato fin dall'inizio. Sarebbe sempre stato il sedile posteriore. Coperte, cuscini e spazio per distendersi. Non c'era dubbio a riguardo.

"Hai intenzione di toglierti i pantaloncini o sarò l'unico seduto qui senza pantaloni?"

"Se vuoi che lo faccia. Ma non ho problemi se sei l'unico. Mi piace di più la vista. Molto di più," la presi in giro mentre la mia mano raggiungeva le sue cosce.

Un urlo finto e una risatina le sfuggirono mentre mi saltava in grembo.

Come la maggior parte degli adolescenti con assoluta libertà, abbiamo "pomiciato" per così dire. Molti baci e carezze. Sfregamento e accarezzamento. È stata una bella serata. Meglio che nella tenda, perché non dovevamo essere così silenziosi. Sì, è stata una bella serata. Fino a quando Jeri ha deciso di rendere la serata "fantastica".

"Appoggia la schiena alla porta."

"Perché?"

"Hai intenzione di fare domande? Fallo e basta, signore," lo rimproverò.

Ho fatto come mi è stato detto. E per il resto della mia vita, sarei sempre felice di averlo fatto.

Afferrando uno dei cuscini che Jeri aveva portato con noi, l'ho appoggiato contro la porta e gli ho dato le spalle. Jeri è strisciato verso di me.

Le sue labbra toccarono le mie e la sua lingua si insinuò nella mia bocca. Non è stato il nostro primo bacio alla francese, ma stasera c'era qualcosa di diverso.

Le mie mani si riempirono della carne delle sue natiche. L'ho attirata a me. Il calore e l'umidità della sua figa che toccava e strofinava la mia asta, mentre si muoveva. Era quanto di più vicino le nostre parti nude fossero state l'una all'altra. Ancora più vicini e non saremmo più vergini.

Non sapendo cosa fare, le ho messo le mani sui fianchi e sono rimasta immobile. Lasciare che Jeri decidesse cosa sarebbe successo, ma così facendo metteva fine a qualsiasi idea di rapporto.

"Mi dispiace amico, ma non ti darò la mia verginità sul sedile posteriore dell'auto di mio fratello," disse mentre spostava i fianchi indietro e lontano dal mio inguine. "Fa schifo qui. Puoi prenderlo più tardi. Faremo un'altra doccia quando torneremo a casa, e ci vediamo nella tenda."

"Va bene. È solo che quando mi hai detto di sedermi..."

"Shhhh... ho qualcos'altro in mente. Togliti la maglietta."

"Cosa... hai in programma?" Ho gemito.

"Avventura Andy. Si chiama avventura."

*****

Jeri ha usato le sue labbra e la sua lingua per baciarmi l'orecchio, il collo, il petto, i capezzoli e la pancia. Mi contrassi nervosamente quando le sue labbra toccarono il bordo dei miei peli pubici. E quando la sua mano avvolse la mia asta e portò la punta del mio cazzo al suo mento, sussultai in anticipazione.

"Jeri..." la mia voce gracchia per lo shock. Suonava male quanto il vecchio altoparlante appeso al finestrino della macchina. La sensazione che la testa del mio cazzo scivolasse oltre le sue labbra e nella sua bocca era troppo. "Santo cielo..."

Aspettai in silenzio mentre la sua bocca scivolava su di me. Martellante cuore. Polmoni e corpo congelati. Incapace di respirare o parlare, ci sono voluti ben 6 o 7 movimenti prima che potessi anche muovermi.

"È...quello...oh mio Dio...Jeri...è così bello."

E così è stato. Il mio primo pompino è stato davvero inaspettato e molto apprezzato. La sensazione morbida e umida delle labbra, della lingua e della bocca di Jeri che lavorano e esercitano pressione sulla mia virilità mi ha fatto desiderare di più. E quando ha aggiunto l'aspirazione al mix, sono rimasto sopraffatto. Mi ha finito. Prima che me ne rendessi conto, stavo urlando.

"Cummmmmming..." ho avvertito il più velocemente possibile.

Jeri sembrava sorpreso. Quasi come se non ci avesse pensato fino a quel momento. Sì, aveva intenzione di farmi un pompino. Sì, sapeva che ad un certo punto sarei venuto. No, non aveva idea di cosa farne quando l'ho fatto.

La sua testa smise di dondolare e succhiare. Il mio cazzo era ancora nella sua bocca mentre esplodeva. Il mio sperma è rimasto dentro solo per pochi secondi prima che lei mi scavalcasse, aprisse la portiera della macchina su cui ero appoggiato e sputasse il mio denaro sul parcheggio di ghiaia.

"Scusa. So che probabilmente volevi che lo ingoiassi, ma... era... come... una caccola calda in bocca."

Lasciando che le mie mani le prendessero il culo nudo, l'ho attirata a me.

Alzando lo sguardo, ho riso. Jeri mi sorrideva mentre si asciugava il miscuglio di sputo e sperma dagli angoli della bocca.

"Che cosa?"

"Che niente. Santo cielo, Jeri. È stato incredibile. È stata la cosa migliore finora. E non me ne potrebbe importare di meno se lo sputi. Finché continui a farmi questo."

"Sono contento che ti sia piaciuto..." le sue parole si fermarono di colpo. L'aveva sentito prima di me. Quando l'ebbi attirata a me, la punta del mio cazzo, ancora una volta, iniziò a premere contro la sua umidità. La testa preme pericolosamente vicino alla penetrazione.

"Te l'avevo detto. Non così," fu tutto ciò che disse mentre spingeva il culo indietro e lontano dal mio pene incriminato.

Aprendo il piccolo frigorifero portatile, Jeri ha tolto il cappuccio da un paio di 7up e me ne ha passato uno. Le nostre bottiglie tintinnarono tra loro. Era quasi come se stessimo festeggiando il nostro primo pompino.

Per qualche minuto abbiamo guardato il film sul grande schermo bianco di legno. La mia testa girava ancora per l'eccitazione. Quello che mi era appena successo era spettacolare. Il migliore. Ho provato a concentrarmi sullo schermo come faceva Jeri, ma avere una ragazza seminuda accanto a me mi ha fatto pensare altrove.

"Ecco," dissi mentre porgevo a Jeri lo stesso cuscino su cui mi ero appoggiato.

"Cosa vuoi che ne faccia?"

"Mettitelo alle spalle e mettiti comodo."

"Sono a mio agio."

"Fallo e basta."

"Perché?"

"Ora sei tu a fare domande."

Tirandole la spalla in avanti, le infilai il cuscino dietro. Jeri lo spostò a metà strada tra la portiera e il sedile dell'auto. Alla fine, sembrava abbastanza a suo agio per quello che avevo pianificato.

"Contento?" lei chiese.

"Sarà tra un secondo."

Mettendomi in ginocchio sul pavimento dell'auto di suo fratello maggiore, spostai una delle gambe di Jeri in modo che fosse aperta per me e mettevo l'altra sopra la mia spalla. Non riuscivo a vedere molto nell'oscurità. Ma potevo sentire l'eccitazione che colava da dentro di lei.

"Whoa, whoa, whoa. Assolutamente no. Non mi stai facendo questo."

"Sono così," dissi avvicinandomi il viso.

"Non sono."

Le sue mani mi afferrarono la testa. Ma con pochissima pressione, cedette.

"Solo perché l'ho fatto io, non significa che lo hai fatto anche tu", mi ha detto.

La mia lingua ha fatto la prima volta in assoluto a sfiorare la carne di una fica. Immediatamente mi sono innamorato del gusto e della consistenza.

Non ci è voluto molto. Poco dopo aver iniziato, il corpo di Jeri tremava mentre le mie labbra e la mia lingua leccavano e toccavano la sua figa. Non ero neanche lontanamente vicino al suo clitoride, ma il suo corpo stava ancora vibrando.

"Andy..." fu tutto ciò che riuscì a dire quando la mia lingua passò ancora più volte attraverso la sua umidità.

Seppellindo la faccia nella sua figa pelosa, andai a lavorare. Avevo imparato qualche teoria sulla stimolazione del clitoride durante il corso di salute. Ma non era molto. Era tutto da manuale. E questa...questa era la vita reale. Vivo. Bagnato. E davanti a me. Stasera sarebbe la prima volta che potrei sfruttare il lato pratico delle mie lezioni.

"Merda. E'...così..." sibilò Jeri.

La mia mano si fece strada su e sotto la sua maglietta. Avevo bisogno di sentire la carne delle sue tette e dei suoi capezzoli sulle mie dita.

"Vuoi... per favore... toglierti la maglietta," ho implorato.

"Solo... solo... continua così... non voglio che nessuno... mi veda nudo."

"Mettici la coperta sopra," mormorai nella sua figa.

"Ma qui dentro è già come un forno."

Aveva ragione. Perché avevo la faccia nel forno di cui parlava. Ma non mi importava.

"Per favore. Voglio giocare con quelle cose carine.."

Riportando la concentrazione e l'attenzione su ciò che avevo di fronte, potevo sentire la parte superiore del corpo di Jeri muoversi. Per prima venne la pesante coperta per coprirmi. Allora la mia mano fu adornata di carne nuda. Jeri si era tolta la maglietta ed era completamente nuda sul sedile posteriore dell'auto.

"Contento?"

"Certo che lo sono."

"Felice" era un eufemismo.

Con la faccia ben piantata tra le gambe del mio migliore amico. Il mio confidente. La mia ragazza. Ho cercato.

L'illuminazione sullo schermo è cambiata e ha illuminato l'interno dell'auto abbastanza da permettermi di vederlo meglio. È stata la cosa migliore a cui abbia mai assistito.

La coperta era stata spostata per salvarci entrambi dal colpo di calore. La testa di Jeri era inclinata all'indietro e i suoi occhi erano chiusi ermeticamente. La pelle abbronzata del corpo agile brillava di una lucentezza setosa di sudore. La sua schiena era abbastanza arcuata da spingere in fuori i suoi bellissimi seni.

Il labbro inferiore di Jeri tremò leggermente mentre lei lo mordeva e lo rastrellava continuamente tra le labbra. Sembrava quasi che lo facesse per tenere il tempo con i colpi della mia lingua che le leccavano il clitoride.

*****

"Nonno. Maledetto cane. Devo essere una scheggia del vecchio quartiere. Ho perso la mia ciliegina sul sedile posteriore della Volvo della mamma di Mallory."

"Stai andando troppo avanti. Non ho detto di aver perso la verginità. In più, se ricordi, Jeri mi ha detto che non voleva farlo nell'auto di Joe."

"Sì. Certo. Vediamo come va. Se voi ragazzi state pomiciando ad un drive-in, vi farete presto."

"Gesù. Mi hai ricordato perché ti ho portato con me?"

"Primo. Sono il tuo nipote preferito. Secondo. Ti piaccio molto più degli altri tuoi nipoti."

"Se questo è vero, da parte mia il mio è un pessimo giudizio di carattere."

"Hah. C'è qualche possibilità di una sosta? È ora di fare pipì e bere qualcosa di fresco."

Ho controllato il GPS. 12 miglia fino al prossimo Sheetz. Lo Yukon era meno di un quarto di serbatoio e anch'io avrei avuto bisogno di un drink.

20 minuti dopo eravamo di nuovo in autostrada.

"Vieni dal nonno. Continua con la tua storia."

Liam sembrava veramente interessato a quello che gli stavo dicendo. Soprattutto a causa dell'elemento sessuale.

*****

Usando il pollice, glielo spostai attorno alle labbra. Cautamente attenta a non entrare oltre quanto consentito dalla sua verginità.

L'altra mano ha preso una strada completamente diversa. Giocava con le piccole tette perfette di Jeri, mentre la mia lingua lavorava allegramente sulla sua figa stillante. Tra il mio viso e le mie mani, siamo stati molto produttivi.

Jeri era molto ricettiva a tutto ciò che le stavo facendo. Come primo timer, sapevo di non avere abilità, ma mi stavo impegnando al massimo. Le baciai l'interno delle cosce. Mi sono avvicinato e ho baciato il suo ventre sodo. Ho anche succhiato alcuni dei suoi succhi dalle ciocche ricci dei suoi peli pubici. Sembrava che tutto funzionasse e lei non si è lamentata nemmeno una volta. Ma quando tornai ad attaccarle il clitoride, il suo culetto si sollevò dal sedile dell'auto. Sapevo che era ora. Ne ero stato testimone prima. L'avevo osservata mentre veniva dal lavorare con le sue stesse dita. Solo che questa volta è stata la mia bocca a portarla all'orgasmo.

"Fuccckkkk."

Il suo grido era molto più forte della musica proveniente dal vecchio altoparlante. Entrambi ci eravamo completamente dimenticati del film proiettato sullo schermo fuori.

"Non farlo. Fermati. Troppo sensibile," disse Jeri mentre allontanava la mia lingua dal suo clitoride pulsante.

Chi ero io per discutere? Invece, mi sono seduto e sono rimasto sotto la coperta sul sedile posteriore. Stavo per iniziare a guardare lo schermo, ma invece fissai Jeri.

A suo merito, Jeri era durata molto più a lungo di me.

Eccoci lì. Nudo al drive-in. Jeri mi guarda con affetto negli occhi. Io che la guardo con amore e lussuria nei miei.

Appoggiò il suo corpo coperto, ma nudo, al mio. Ci siamo coccolati insieme nella luce del primo sesso orale che abbiamo fatto o ricevuto.

Rimanendo lì finché il caldo non fu insopportabile, Jeri tolse la coperta e mi porse la mia bibita mezza bevuta e una confezione di patatine.

Guardando mentre mani piene di Pringles e sorsi di 7up entravano nella mia bocca, lei parlò.

"Non dovresti lavarti la faccia prima di mangiare quelle patatine?"

"Perché. Adoro il tuo sapore. Non ne ho mai abbastanza e hai un sapore molto migliore del loro."

Rubando la mia bottiglia di bibita, se la portò alle labbra e ne bevve un bel sorso. L'anno scorso cose del genere mi davano fastidio. Quest'anno, dopo quello che ci eravamo appena fatti a vicenda, non ho nemmeno battuto ciglio. Né mi mossi quando la sua pelle sudata toccò nuovamente la mia.

Caldo. Anzi, caldo. I nostri corpi si aggrappavano l'uno all'altro. Il mio braccio intorno alla sua spalla. Giocare con i suoi capelli. La sua mano sul mio grembo, mi accarezza il cazzo e le palle.

"Ho paura," disse tranquillamente.

"Non dobbiamo avere fretta. Abbiamo tutta l'estate."

"Niente stupidaggini. Voglio farlo. Ho solo paura di urlare come ho fatto stasera. Non riuscivo a controllarlo. Era così bello che non potevo impedirgli di uscire. E se lo faccio urla, sveglierò l'intero vicinato e Joe e Shirley avranno un dannato crollo."

"Mi piace quando urli", le assicurai.

"Non è divertente. Lunedì avranno una nuova babysitter."

"No, non lo faranno. Aspetteremo. Forse possiamo farlo in casa mentre sono al lavoro."

"Non aspetto fino a lunedì."

"Veramente?" Ero scioccato.

"Mi è successo qualcosa quando tu... hai messo la tua bocca... lì. Mi sentivo così bene. Così... diverso. E ora sono... su di giri. Sento che dobbiamo trovare un posto privato."

"La spiaggia. E la spiaggia? Possiamo usare la coperta," ho suggerito.

La spalla di Jeri si staccò dal mio corpo e lei si voltò verso di me. Ancora una volta il cuscino si mosse. Questa volta l'aveva rimessa tra me e la porta. Solo che questa volta mi aveva spinto indietro, quindi ero praticamente a terra sul sedile posteriore.

In bilico sopra di me, la coperta di lana sembrava un mantello mentre il corpo nudo di Jeri si posava sopra di me. Il calore delle sue tette e della sua pancia era una cosa, ma il calore della sua figa bagnata sembrava un inferno.

"Niente spiaggia. Non stasera."

La fornace, che era la figa di Jeri, mi ha massaggiato il ginocchio e si è spostata sulla mia coscia. Anche se non potevo vedere, potevo sentire la scia di umidità che le sue labbra inferiori lasciavano dietro di sé. Lentamente i suoi fianchi si mossero. Si spostarono finché la sua gamba destra non si allargò e si spostò. Fino a quando non si divise e si aprì abbastanza da farle stare a cavalcioni del mio corpo. Continuò a muoversi lentamente, finché non si fermò. Fermarsi e sistemarsi direttamente sulle mie ginocchia.

"Jeri..."

La sua bocca coprì la mia con un bacio destinato a farmi tacere. Quando ho provato a parlare di nuovo. Mi è stato dato un ringhio: "sssshhhhhh..."

Eccoci lì. Nel retro dell'auto di suo fratello. Il posto dove mi ha detto due volte che non avrebbe rinunciato alla sua verginità. E lei mi stava scacciando.

Non c'era modo che potessi stare zitto. Il mio cazzo pulsava così forte che sembrava sul punto di scoppiare. Doveva suonare come un tamburo. Il mio cuore batteva forte. Tutto intorno a me sembrava fare rumore. E voleva che stessi zitto.

"Ma hai detto che non volevi..."

Non sarebbe successo. Non stasera. Non nell'auto di suo fratello. Me lo ha detto lei. Ma quando la sua mano ha avvolto la mia asta e ha iniziato a trascinare la punta del mio cazzo attraverso la carne delle sue labbra inferiori, ho avuto i miei dubbi.

"Sshhhh..." sussurrò, soffiandomi aria calda nell'orecchio. Stava cercando di calmarsi tanto quanto cercava di calmare me.

Le guance del suo sedere si spostarono dalle mie mani. Non la stavo attirando a me, ma si muovevano in avanti e verso il basso con lo stesso movimento. Un movimento che ha fatto sì che la punta del mio cazzo si insinuasse nel suo buco stretto. Aprendo le labbra, la testa saltò dentro e si posò su un pezzo di pelle. Jeri sussultò e si fermò di botto.

Con la testa sepolta nel mio collo, aspettò. Raccogliendo il coraggio, di cui aveva parlato prima. Il coraggio di cui aveva bisogno. Ha aspettato. Riflettere e pensare prima di fare la mossa successiva.

Le mie mani lasciano andare il suo culo. Per quanto fosse bello tenere le sue guance sode, erano necessarie altrove.

Intrecciando le dita tra le sue cicoche dorate, le staccai il viso dal collo e la guardai negli occhi.

"Non dobbiamo farlo. Se tu non sei pronto, non sono pronto anch'io. In ogni caso. Io... io... lo faccio davvero. Ti amo."

Un'unica lacrima scese dai suoi occhi mentre si avvicinava per premere le sue labbra contro le mie. Per un breve secondo, ho iniziato a credere che Jeri avesse cambiato idea. Ma in quel fugace secondo, la sua lingua mi sfrecciò in bocca. E con un fiotto di respiro caldo che mi riempiva i polmoni, lei urlò mentre trafiggeva il mio cazzo dentro di sé. Dandomi la sua verginità e togliendomi la mia nello stesso momento.

"Ouuuuuuuuucccccchhhhh..."

La fronte di Jeri si seppellì ancora una volta nella mia spalla e nel mio petto. Per molto tempo rimase immobile. Sembrava che stesse riflettendo sulla sua prossima mossa.

"Stai bene."

Il suo respiro caldo mi ha toccato la pelle quando mi ha dato la sua risposta gutturale con una sola parola: "No".

Permettendo alle mie mani di accarezzarla, ho strofinato la pelle nuda di Jeri. È stato un pessimo tentativo di rassicurarla che ero lì per lei.

"Fa così male. Molto peggio di quanto pensassi," gemette nel mio petto.

Ho aspettato. Ho aspettato finché non ho sentito il mio amante muoversi e adattarsi.

"Non dobbiamo. Puoi..."

"Shhhhhh..." disse mentre le sue labbra premevano contro le mie. Pochi secondi dopo, i suoi fianchi iniziarono a muoversi.

*****

In una macchina. Al drive-in. Le finestre si appannarono così tanto che non avremmo potuto guardare il film anche se lo avessimo programmato, quindi abbiamo iniziato a fare l'amore. Due adolescenti. Amici. Amanti.

I fianchi di Jeri si mossero leggermente. Lentamente. Deliberato e gentile. Soprattutto a suo vantaggio. Lei era e sarebbe stata responsabile della velocità con cui il mio cazzo entrava ed usciva dalla sua figa. E per dimostrare il suo punto, quando la mia velocità aumentava oltre ciò che voleva, Jeri succhiava il mio labbro inferiore tra i denti e lo mordeva.

Dire che la sensazione di essere dentro Jeri fosse incredibile non sarebbe affatto un'esagerazione. Dire che sono durato per ore, lo sarebbe.

La presa stretta della figa giovane e stretta di Jeri è stata la cosa migliore che sia mai capitata nella mia vita. E da dove ero seduto, con lei su di me. Cavalcandomi. Facendomi il suo amante. Ne ero certo. Se non fosse scesa con me prima. Avrei già finito dentro di lei.

"Gesù. Jeri. È... è così bello..." E così è stato. Non era una bugia. Ma il silenzio di Jeri, "Um Hmm", potrebbe essere un indicatore che non si stava divertendo tanto quanto me.

"Stai bene?" Ho chiesto.

"Shhhh... continua... così."

I nostri fianchi si muovevano lentamente.

"Jeri..."

"Mmm."

"Io sono..."

"Lo so, tesoro. Va tutto bene."

Spingendomi verso l'alto, mi preparai per ciò che stava per accadere. Gioia. Eccitazione. Tristezza che presto sarebbe finito. Tutte quelle emozioni mi attraversavano la testa. Il mio amante era molto più controllato e maturo di me. Anche nel dolore, si è mantenuta composta mentre facevamo sesso.

"Jeri."

"Uhm."

"Grazie."

Un altro "um hmm" mentre abbassava i fianchi sul mio grembo per alleviare il mio carico.

4.

Era finito. Le nostre verginità erano finite per sempre.

Accoppiati insieme. Ricoperti di sudore e succo d'amore, rimanevamo immobili.

Mai preparato. È stato prodotto un sacchetto di plastica con una salvietta bagnata. Jeri lo usò per primo per asciugare eventuali secrezioni gocciolanti. Poi lo usò su di me per pulire la mistura insanguinata che avevamo creato insieme.

In silenzio, ci vestimmo e abbassammo le finestre. Avevamo bisogno di liberare il veicolo dall'odore dell'amore e dal vapore che avevamo creato.

L'auto è stata avviata. Con tutti i finestrini abbassati e gli sbrinatori che facevano del loro meglio per eliminare la nebbia che ricopriva il parabrezza, Jeri mise in moto l'auto.

Anche se non mi ha mai guardato durante il viaggio verso casa, ho pregato che tornassimo presto sulla Mustang.

*****

Senza dire una parola tra noi, Jeri entrò nel vialetto di suo fratello e spense l'auto. Tutte le luci della casa erano spente. Quindi eravamo entrambi abbastanza sicuri che nessuno ci avrebbe guardato scendere dall'auto.

"Ho capito," disse Jeri quando cercai di aiutarla a trasportare i cuscini, la coperta e la borsa termica.

"Va bene. Arrivo tra dieci minuti," dissi tranquillamente al mio nuovo amante. L'idea di unirmi a lei nella tenda sembrava la cosa più naturale del mondo, ma i miei piani sono andati in fumo.

"Ho bisogno di stare da solo."

"Penso..."

"Non stasera. Domattina. Lasciami solo..." si fermò e fece una pausa prima di continuare. "Ci vediamo domattina quando mi alzo."

Il cuore mi uscì dal petto e si fermò in gola. Incapace di riprendere fiato. Sembrava che si fosse fermato mentre guardavo Jeri scomparire dietro il cancello.

Dal portico schermato di casa di mia zia. Potevo vedere il bagliore di una torcia mentre Jeri si preparava per andare a letto. Ogni brutto pensiero a cui potevo pensare mi attraversava la testa. Non è stato un bene per lei? Non era quello che pensava sarebbe stato? Non era quello che voleva? Ho fatto qualcosa di male?

Quando il raggio della torcia è scomparso, il mio cuore ha avuto un tuffo al cuore.

Il sonno era l'ultima cosa che avevo in mente.

La mia mente sapeva cosa fare. Ci sono voluti solo pochi secondi per trovare il coraggio, eppure sembrava un'eternità. Con facilità e silenzio i miei piedi superarono il vecchio recinto di filo metallico e ancora una volta atterrarono sulla rugiada notturna dell'erba.

Chiedere di poter entrare sarebbe stato un errore.

Aprendo la cerniera della vecchia tenda, sono strisciato dentro. Senza invito.

Jeri sapeva che ero lì. Ha fatto finta di dormire. Non voleva avere niente a che fare con me. Voleva restare sola. Ma non potevo permetterlo. Anche se la giovinezza e l'inesperienza mi guidavano, il mio cuore mi diceva di stare con lei. Spogliandomi, scivolai sotto le coperte e mi sistemai sul vecchio materasso di schiuma. Il corpo caldo di Jeri si è modellato su di me.

Avvolgendo il mio braccio attorno a lei, lei non si rifiutò né si oppose. Né lei mi ha abbracciato. Lei rimase immobile. Fino a quando lei finalmente si è spinta indietro e ha modellato il suo corpo sul mio.

Dopo il lunghissimo silenzio, avvicinai la bocca al suo orecchio. Sapevo cosa stavo per dire prima ancora che le parole mi uscissero dalla bocca.

"Ti amo. Lo sai, vero?"

Lei rimase immobile. Non un movimento. Ma alla fine, la sua mano tolse la mia dalla sua pancia e la spostò sul suo cuore. Se lo premette contro il petto e lo tenne stretto. Il suo sussurro riempì l'oscurità della vecchia tenda: "Lo so".

*****

"Oh mio Dio. Nonno, sei un vero stallone. Andare da lei dev'essere stata la mossa giusta. Ragazzi, l'avete fatto di nuovo quella notte?"

"No. Piccola stronzetta. Non sono andato da lei per poterci riavvicinare. Sono andato da lei perché... perché avevo bisogno di dirglielo..."

"Andiamo. Devi dire la verità."

"Ti ho già detto troppo. Perché dovrei iniziare a mentire adesso?"

"Suppongo. Ma sono abbastanza certo che dopo averle detto che l'amavi, il secondo round era lì per essere preso. Ottieni sempre grandi punti con quelle tre parole."

"Guardati. Mio nipote, Don Juan."

*****

Il sole del mattino picchiava sulla tela oliata della tenda. Anche la mattina presto faceva già caldo dentro.

Mi sono svegliato con Jeri ancora stretta tra le braccia e il rumore di qualcuno che apriva la tenda.

"Jeri. Dove cazzo sono le chiavi della macchina?" sibilò Joe.

È stato un errore enorme da parte mia. Addormentarsi e pernottare in tenda nel fine settimana. L'errore di Jeri è stato non mettere le chiavi al loro posto. Non che sia una scusa, ma entrambi avevamo altre cose per la testa.

Afferro le chiavi dalla tasca nell'angolo e balzo fuori dalla tenda. Ero fuori prima ancora che Jeri si svegliasse.

Joe si allontanò da me e si allontanò dalla tenda dove dormiva ancora sua sorella. Vestito solo con la biancheria intima, lo seguii.

"Stai scopando mia sorella, piccolo bastardo?" Chiese. Infilandomi il dito nel petto.

"Cosa? No. No. Perché? Cosa potrebbe mai darti quest'idea?"

"Senti Andy, sei un bravo ragazzo, ma non sei abbastanza bravo per Jeri. E non voglio che tu faccia stronzate del genere quando lei dovrebbe badare ai miei figli."

"Joe. Te lo prometto. Non sono mai stato a casa tua mentre Jeri badava ai bambini. E non abbiamo mai... sai. Ci siamo semplicemente... baciati."

"Sì, beh. Baciare porta ad altre cose. Presto lo farai. Diteggiature e seghe si trasformano in scopate. Non sono il vecchio Andy. So un cazzo. Ci sono stato."

Beh, il fatto è che non abbiamo mai fatto niente di simile a quello che suggeriva davanti ai suoi figli. L'abbiamo conservato per la notte fonda. Nel suo cortile. Nella sua tenda. Sui sacchi a pelo e sui cuscini.

Ha messo le mazze da golf nel bagagliaio dell'auto e mi ha guardato. Per qualche motivo, e suppongo che fosse il motivo, nel corso dell'estate aveva sentito me e sua sorella pomiciare nel suo cortile, non gli piacevo. Quando mi guardò, potevo vedere la rabbia sul suo volto.

"Non è stupida. Sa che la stai usando. E quando partirete entrambi per il college, non vi vedrà mai più. Sa che pensi che sia una specie di troia canadese che puoi semplicemente venire qui e usare."

Joe potrebbe avere 10 anni più di me, ma non aveva il diritto di parlare di sua sorella in quel modo.

"Non sai di cosa stai parlando. Non la tratto mai così."

"Oh sì? Beh, forse mi sbagliavo. Forse ti sta usando."

"Stai zitto Joe. Sei uno stronzo."

"Io sono lo 'stronzo'? Lei ha un sacco di fidanzati quando non ci sei. E tu sei troppo stupido per capire che Jeri si comporta da sgualdrina."

Joe diceva cose su sua sorella spinto dalla rabbia.

"Se dici ancora una cosa del genere di tua sorella, ti finisco." dissi mentre avvolgevo la sua maglietta tra le mani.

Mio zio Jack mi ha afferrato per il collo e mi ha strappato via dal suo vicino. Era una piccola città. Eravamo in una piccola strada. Chiunque fosse fuori nei loro cortili aveva visto e sentito quello che avevamo detto. Saremmo sicuramente oggetto di conversazione a Crystal Beach prima del tramonto.

Io in piedi lì, in mutande. Trattenuto da mio zio. Joe mi schiaffeggia la faccia con la mano aperta. Gli ho dato un calcio alle palle e invece ho finito per colpirgli la gamba. Eravamo uno spettacolo. Una bella rissa da cartone animato vecchio stile del sabato mattina.

"Porca miseria. Hai dovuto combattere contro il fratello maggiore di Jeri?"

****

"No. Ma mi è stato proibito di mettere mai più piede nella sua proprietà."

"E? Cosa hai fatto dopo che è successo?"

Il mio sorriso non poteva essere contenuto. Il ricordo mi balenò in testa come se fosse successo l'altro giorno. Vivido ed esplicito. Mi è tornato in mente.

"Cosa? Merda, nonno. Dimmi cosa hai fatto."

"Beh... quando i suoi figli hanno fatto il pisolino pomeridiano, abbiamo fatto l'amore sul suo letto il giorno successivo in cui ha lavorato."

Le nocche di Liam mi colpirono sulla spalla più forte di quanto probabilmente avesse previsto.

"Merda. Ecco perché sei il nonno più figo sulla faccia della terra."

"Non tanto. Se ci pensi, la ragazza è scappata. E non c'è niente di bello in questo."

*****

"Bel succhiotto," disse mio zio mentre guardavamo Joe allontanarsi.

"Che cosa?"

"Il segno sul collo. Ti ha morso un cane o è un succhiotto?"

Istintivamente il mio dito ha toccato e ha cercato di coprire l'imperfezione. Non sapendo come rispondere, lo strofinai come se così facendo lo facessi sparire.

"Non dire ai tuoi cugini come l'hai preso. Sono ancora un po' giovani per tutte quelle cose da adulti." Camminò per qualche metro e si fermò. "Suppongo che chiederti com'era il film ieri sera sarebbe un esercizio inutile."

"Potrei raccontartene alcune parti."

Tornò da me e con gesto paterno mi mise una mano sulla testa e mi scompigliò i capelli già disordinati.

"Salvarla." Guardando in fondo alla strada guardò Joe svoltare l'angolo. "Cosa troverà Joe sul sedile posteriore della sua macchina?"

"Niente. Niente di niente. Nemmeno un chicco di popcorn. Lo prometto."

"Nessun preservativo usato?"

"Nemmeno uno. Lo prometto."

"Attento. Sono un sacco di promesse."

"Lo so, ma sono tutte promesse che posso mantenere."

"Buon per te. Comunque... stai attento."

Erano buoni consigli.

Andando in cucina, presi una vaschetta del ghiaccio e riempii due bicchieri. Dal rubinetto li riempii d'acqua ciascuno e tornai alla tenda. Senza bisogno di nascondersi adesso. Il gatto era fuori dal sacco. Non sentivo il bisogno di scavalcare la recinzione.

Quando ho aperto la patta di tela, la mia dea mi stava aspettando.

"Cos'erano tutte quelle urla?"

"È una lunga storia."

"Ho tutto il giorno. È il mio giorno libero."

"Bene. Bevi e porta il tuo bel culetto fuori da questa tenda. Siamo tutti soli e oggi andiamo in spiaggia."

*****

L'acqua del lago Erie era calda, rinfrescante e calma. Il parco no. Urla e risate provenienti da coloro che si godevano le giostre riempivano l'aria. Quelli e gli odori del cibo cucinato dai tanti venditori all'interno.

"So che quando te ne vai, è finita. Non ci sarà mai un'altra estate. Saremo adulti che si allontaneranno e non rimarranno mai in contatto," affermò Jeri mentre il suo dito giocava con il mio ombelico. Togliendomi via i granelli di sabbia mentre ci stendiamo sugli asciugamani.

"Non è vero. Resterò sempre in contatto con te. Saremo in parti diverse del mondo, ma possiamo provare a vederci."

"Come. Come pensi che possa accadere? Nemmeno tra un milione di anni ci vedremo quando tuo zio ti riporterà alla fermata dell'autobus a Buffalo."

"Non ho problemi a venire quassù."

"Per l'estate. Tu vieni qui per l'estate, Andy. Ottawa non è facile da raggiungere dal Colorado. È un viaggio lontano per una relazione nel fine settimana."

"Pensi che sia questo per me? Un incontro. Per me significhi molto di più del sesso. Jeri, adoro..."

"NON FARLO. Devi smetterla di dirlo", urlò. Allontanandomi la sua mano.

"Perché. Perché non puoi rispondermelo."

"Oh, cresci. Posso dirlo. Semplicemente non lo farò. A differenza di te, non ho intenzione di costruire quello che abbiamo per poi vederlo crollare quando te ne vai." Stava parlando abbastanza forte da attirare l'attenzione di coloro che giacevano sugli asciugamani intorno a noi.

"Quindi hai predeterminato il nostro destino. Il fatidico sabato mattina in cui me ne andrò, sarà tutto finito? Andremo per la nostra strada?"

I suoi lunghi capelli rimbalzarono leggermente mentre lei annuiva con la testa.

"È per questo che vuoi litigare? Così ti sarà più facile dire addio."

"Non stiamo litigando."

"No? Allora cos'è questo? Se non è una rissa, perché sei così arrabbiato? Dimmi cosa vuoi."

"Stare con te. Voglio stare con te fino al momento in cui te ne andrai. Ogni secondo. Ogni minuto. Ogni ora."

Stare insieme fino alla mia partenza sarebbe stato facile. Non avevo altri impegni.

Le mie braccia avvolsero il suo corpo e si riempirono della sua pelle. Avvicinando il viso al suo orecchio, sussurrai in modo che solo lei potesse sentirmi.

"Perché sei così arrabbiato?"

La sua mano toccò di nuovo la mia pancia e la sua testa si poggiò sul mio petto. Piccole gocce di lacrime caddero sulla mia pelle.

"Perché so cosa perderò quando te ne andrai."

"Allora non lasciarmi andare."

Il suo corpo rotolò e mi fece cadere sulla schiena nella sabbia. Le nostre labbra si strinsero insieme nel silenzio. Mi avrebbe lasciato andare. Aveva già deciso di farlo.

*****

Quando il sole tramontò al punto che la spiaggia cominciava a svuotarsi, facemmo le valigie e mano nella mano entrammo direttamente nel parco come se fosse nostro. Nessuna persona ci ha interrogato.

Jeri mi guardò, tese un ramoscello d'ulivo immaginario e chiese.

"C'è qualcosa di speciale che vorresti fare stasera?"

"Assolutamente sì. Vorrei tornare al drive-in." Non appena mi è uscito dalla bocca, Jeri mi ha placcato. Il suo slancio in avanti ci fece cadere entrambi a terra.

"Oh sì, amico. Immagino che la "tua" figa si senta bene."

"Mai meglio. Anzi. Con le tue tette che mi toccano il braccio così com'è, è quasi pronto."

"La tua figa è sempre pronta a partire. Ma la mia no. Almeno oggi, sembra che non lo sia."

"È stato così bello la prima volta, aspetterò che tu guarisca." Ho detto nel modo più amorevole. Abbracciandola a me e schiacciando le mie labbra contro le sue mentre eravamo sdraiati sul marciapiede.

"Dick," disse dandomi una pacca sul sedere.

A nessuno di noi importava niente delle persone che ci osservavano mentre eravamo sdraiati sull'asfalto sudicio del parco.

*****

Jeri guardò l'orologio e capì che se le file si fossero mosse abbastanza velocemente, avremmo avuto tutto il tempo per fare ogni singolo giro nel parco.

Abbiamo iniziato con quelli che non avevano tempi di attesa. Come Laff in the Dark e Magic Carpet Funhouse.

Altri come Comet e Wild Mouse avevano grandi linee. Quindi li abbiamo tenuti per dopo.

A dire il vero... alcuni dei percorsi tortuosi non erano il mio genere. Mi sentivo sempre nauseato quando scendevo da loro. Lo Scrambler e il Mostro potevano andare a farsi fottere, per quanto mi importava. Datemi l'autoscontro o le montagne russe e stavo bene.

Come è sempre stato, la Cometa è stata la nostra ultima corsa della notte. Il destino sarebbe dalla nostra parte stasera. I posti preferiti di Jeri erano quelli davanti o quelli dietro. Stasera abbiamo avuto la meglio.

Quando la sbarra si abbassò per chiuderci dentro, la mano di Jeri si infilò nei miei pantaloni. E quando abbiamo fatto il piccolo tuffo nel sentiero e abbiamo iniziato a salire verso la cima, lei aveva la mia spazzatura fuori allo scoperto con la sua mano avvolta attorno a me.

La mia testa non sapeva cosa fare. Guardava avanti lungo i binari. Si voltò a sinistra e fissò Jeri. Guardò la sua mano. Una mano rimasta ferma. Lo ha fatto diverse volte in rapida successione. La mia testa si mosse. La mano di Jeri no. Mi ha semplicemente abbracciato e stretto.

Lievitazione dopo lievitazione. Autunno dopo autunno. Turno dopo turno. Le 55 miglia all'ora della nostra macchina sembravano la velocità della luce. Ma comunque, con tutto ciò che accade. Le dita che avvolgono il mio cazzo erano immobili. È stato solo quando l'auto ha rallentato e l'interruttore è scattato per rilasciare la barra di sicurezza che mi ha lasciato andare.

Rimettendomi i pantaloncini, salii sulla piattaforma e tesi la mano. Tirando Jeri a me, rise e corse giù per la rampa. Quando finalmente l'ho raggiunta, era tutta sorridente.

"Che diavolo era tutto questo?"

"Forse volevo vedere se potevo farti venire senza muoverti."

"Probabilmente potresti. Ma non con altre persone sedute a un metro di distanza da noi. Ero spaventato a morte."

"Quindi la mia mano non si sentiva bene?"

"No. La tua mano è stata fantastica. È sempre fantastica."

"E la mia bocca?"

"Che ne dici?"

"Vuoi tornare alla tenda e vedere se posso usarla e farti venire senza muoverti?"

All'improvviso mi venne un nodo alla gola. Ho semplicemente annuito.

All'uscita, abbiamo comprato un succo di Loganberry da condividere mentre tornavamo a casa. Sorseggiarlo e condividerlo non ha aiutato a calmare la mia erezione.

*****

"È bello vederti con i pantaloni addosso ad Andy. Immagino che tu non abbia intenzione di spaventare i vicini stasera."

Un bagliore rosso ci disse che mia zia era seduta sulla veranda. Mi cinguettava nel buio, mentre fumava una sigaretta, beveva una Tab e ascoltava le sue 8 tracce preferite di Elvis. Pop, fuma e il Re. Erano i suoi piaceri proibiti.

Ho riso e non ho commentato. Ma Jeri non ha saputo resistere alla tentazione.

"Bene, Joyce. Meno male che l'hai preso adesso. Perché quando lo porterò nella tenda, non dureranno ancora per molto."

Da buon sportivo, Joyce si lasciò sfuggire una risata.

"Sembrerà che una coppia di gatti randagi litigano lì dietro?"

"Se c'è un rumore così forte come lo era ieri sera al drive-in, potrebbe." Jeri le assicurò.

"Fortunatamente per i vicini, voi ragazzi siete così piccoli. Almeno il rumore non durerà a lungo."

"Potrebbe non durare a lungo, ma può farlo ancora e ancora."

"Bene, se lo rendi tutto puzzolente e sporco laggiù, puoi anche tenerlo."

"Perfetto. È un gran coccolone."

Con la sua migliore voce nasale, da Lily Tomlin, mia zia ha detto: "beh, voi ragazzi, divertitevi". E questo è tutto. Era l'ultima notte in cui avrei avuto paura di dormire nella veranda sul retro di casa loro. Successivamente, ogni notte restavo nella tenda con Jeri. Pioggia o sole.

Accendendo la torcia, vidi Jeri togliersi i vestiti che aveva indossato dalla spiaggia.

"Davvero? Dovevi stuzzicare l'orso. E se chiamasse mia madre?"

"Dì a tua madre che stai scappando. Dille che ti trasferirai nella ragazza dei tuoi sogni, tenda."

Dalle mie ginocchia, ho avvolto le mie braccia attorno alla vita di Jeri e ho appoggiato l'orecchio al suo ventre.

"Almeno non mentirei, perché ho in braccio la ragazza dei miei sogni."

"Lo dici solo perché ti ho promesso di succhiarti il cazzo di nuovo stasera."

"Porca miseria. Devo essere al drive-in. Perché l'ho sentito forte e chiaro," disse mia zia dal suo cortile. Deve essersi trasferita nella veranda sul retro.

Il mio amante rise forte. Non mi importa chi ci ha ascoltato.

"Torna indietro, Joyce. Farà rumore qui. Non solo è un grande coccolone, Andy è anche un po' un urlatore."

Tenendo ancora in braccio Jeri, "Sono così dannatamente morto quando torno a casa. Ragazza dei miei sogni o no."

*****

"Porca miseria. Sembra l'estate più bella di sempre. Cavolo, vorrei poter incontrare qualcuno come Jeri."

"Lo farai. In un tempo diverso e in un luogo diverso. Sarai sorpreso e felice quando accadrà."

"Sorpreso?"

"Sì. A volte i piaceri più inaspettati derivano dall'essere sorpresi. Devi solo aprirti e permettere che accada.

Liam fece una pausa per comprendere ciò che avevo detto.

"Ti manca la nonna."

"Immensamente."

"Ma tu e Jeri?"

"Io e Jeri, cosa? Eravamo migliori amiche. Amanti dell'estate. Tua nonna ed io eravamo diverse. Eravamo compagne per tutta la vita. Lei ha contribuito a trasformare questa famiglia in quello che è oggi. E se fosse ancora viva, lei..." sarei seduto proprio dove sei."

"Lo so. Sembra proprio che..."

"No. No, non è così."

"Non arrabbiarti. Stavo solo dicendo."

"Beh, non dire cose..." ho fatto una pausa e ho pensato. "Amavo moltissimo tua nonna. Ciò che avevamo era molto speciale per me. L'amavo con tutto il cuore. Lo amo ancora. E quando mai mi hai visto arrabbiato."

"Il giorno in cui quel tizio ha spinto il suo buggy nella fiancata del tuo vecchio camion. Da Lowes."

"Non ero arrabbiato. Ero sconvolto."

"Per me la stessa differenza."

"Forse anche deluso. Quello stronzo aveva dei "pazzi da camion" appesi al gancio del rimorchio, per l'amor di Dio."

"Mi ricordo", ha detto ridendo.

*****

Non ci sono state urla quando sono arrivato. Un cuscino sul viso mi ha aiutato a risolvere questo problema. Non potevo rischiare che mia zia mi sentisse mentre sparava nella bocca di Jeri. Questa volta le è rimasto in bocca più a lungo della prima, ma la maggior parte è finita nella mia maglietta.

Jeri ha mantenuto una delle promesse che mi aveva fatto. Quello in cui mi ha detto che aveva intenzione di mettersi il mio cazzo in bocca. Quello in cui diceva che non si sarebbe mossa era stato dimenticato da tempo quando mi ha fatto sdraiare. Lei si è trasferita. Si è mossa...molto.

"Gesù Cristo. Mi sento sempre meglio ogni volta che lo fai a me."

"Ogni volta? Sono passate solo due volte."

"Beh, posso dire con sicurezza che mi sono piaciute entrambe le volte."

"Buono. Ma...cattivo."

"Perché? Perché, cattivo?"

"Perché Andy. Quando ti stavo succhiando e tu giocavi con le mie tette e il mio culo... beh... ora sono arrapato." Ho raggiunto la sua figa, ma la sua mano mi ha fermato. "Ma sono ancora un po' dolorante dentro. Quindi, penso che se provassi a infilarmi di nuovo quella cosa, potrebbe farmi troppo male."

"E l'altro modo? Sembra che ti sia piaciuto quando ho usato la mia lingua su di te ieri sera. Non è vero?"

"L'ho adorato. Ma non posso aspettarmi che tu me lo faccia ogni volta."

"Eppure hai fatto quello che mi hai appena fatto."

"Perché ti ho preso in giro al parco e ti ho promesso che l'avrei fatto."

Chinandomi, le presi a coppa la tetta e le massaggiai il capezzolo con il pollice. Stava tubando quando le mie labbra le toccarono il lobo dell'orecchio. Prendendolo tra le labbra e i denti lo succhiai e lo masticai dolcemente.

"Quando la mia lingua mordicchia e disegna cerchi sul tuo piccolo e duro clitoride, proprio come ha fatto con il tuo orecchio, ti prometto che non infilerò nulla nella tua piccola figa sensibile. Niente lingua, niente dita, niente cazzo. Lo prometto, " le dissi mentre la punta della mia lingua premeva contro il suo orecchio. "Solo la punta della mia lingua che ti lecca e gioca con il tuo piccolo e duro clitoride. Lecca e mordicchia finché non mi sborri sulla faccia."

"Bastardo. Faresti meglio a essere gentile."

"Come un gattino. Aspetta e vedrai."

"I gattini hanno gli artigli."

Le sue risatine durarono finché il mio viso non trovò posto tra le sue gambe. Le risatine diventarono rapidamente tubature e gemiti. Fedele alla mia parola, sono stato gentile. Gentile, ma doveva comunque mettersi lo stesso cuscino che avevo usato sul suo viso. A differenza di me. Non era altrettanto silenziosa quando arrivò.

5.

Domenica non è successo granché. Jeri e la sua famiglia si sono recati alla fattoria di famiglia dove hanno avuto una riunione. Erano via tutto il giorno. Quando è tornata, l'ho incontrata nella tenda e ci siamo rannicchiati per dormire.

Lunedì è stata una storia diversa. Lunedì eravamo solo io, Jeri e i due cugini a cui faceva da babysitter. E 10 minuti dopo che erano scesi per il pisolino, eravamo nudi nel letto di Joe e Shirley.

Questa volta le cose andarono molto meglio. C'era molto spazio per distendersi. Ed era pieno giorno. Ho potuto vedere tutte le cose che mi ero persa venerdì al drive-in.

Ancora una volta, ho lasciato che Jeri stabilisse il ritmo, ma solo guardarmi scivolare su e dentro di lei, mi ha fatto venire voglia di pompare più velocemente e più forte. Per qualche motivo, ho avuto il bisogno di spingere. Ma non era necessario. I fianchi di Jeri si muovevano e ruotavano abbastanza velocemente per entrambi.

"Ti senti bene, tesoro. Molto meglio di venerdì sera," mi ha detto mentre grugniva tra un bacio e l'altro. "È come... fossimo fatti l'uno per l'altro."

Le mie mani si muovevano avanti e indietro tra i suoi fianchi e il suo seno, mentre i suoi lunghi capelli mi coprivano il viso. Mi sentivo come se fossi il ragazzo più fortunato del mondo.

È diventata la nostra tendenza estiva. Fare sesso e fare l'amore ovunque, ovunque, in qualsiasi momento.

*****

È difficile descrivere la nostra amicizia. Abbiamo fatto cose insieme e tra di noi. Abbiamo amato e imparato. Le nostre lezioni estive cambiavano ogni giorno. E sono state le cose semplici che mi hanno insegnato la vita.

*****

Una mano mi ha toccato la pelle. Una piccola spintarella. Una spinta per svegliarmi. Ho provato a continuare a dormire, ma era persistente.

"Shhhhh... svegliati." Avevo esitato più a lungo di quanto lei volesse. "Andiamo."

"Dove..."

Jeri si stava indossando dei jeans e un maglione per ripararsi dall'umidità di una fresca notte d'estate. Senza ulteriori domande, ho seguito il suo esempio.

Mano nella mano camminavamo in silenzio. L'unica cosa che abbiamo portato con noi è stata una coperta.

"Dove stiamo andando?"

"Fuochi d'artificio."

"A quest'ora della notte? Sei..."

"Shhhh..."

Nella notte nera come la pece, ci siamo diretti verso la spiaggia. Jeri sapeva dove voleva essere. Un luogo buio e deserto. Eravamo soli e insieme nel buio, nel cuore della notte.

Aprendo la coperta, mi tirò giù accanto a sé.

Distesa sulla schiena, mi teneva la mano tra le sue e fissava il cielo notturno.

"Jeri..."

"Cercare."

Facendo come detto, alzai lo sguardo verso il cielo scuro. Le stelle sembravano enormi e luminose nella notte senza luna.

"Cosa sono... porca miseria."

La mano di Jeri strinse la mia e la tenne stretta. La mia attesa non è stata lunga. Il primo è arrivato in pochi secondi ed è stato seguito quasi uno dopo l'altro. Era la prima pioggia di meteoriti che avessi mai visto. Avevo visto "stelle cadenti", ma questo era un livello completamente diverso.

Stava condividendo qualcosa di speciale con me. Un altro regalo che le apparteneva e che ora era anche mio.

Perplesso, tutto quello che ho potuto dire è stato: "grazie".

*****

Finalmente arrivò il giorno fatidico. Vengono sempre. Non importa quanto cerchi di evitarli o di rimandarli, arrivano.

Per una settimana abbiamo fatto finta che non si avvicinasse, ma c'è sempre un "ultimo giorno" in ogni vacanza.

Il nostro ultimo giorno insieme non è stato fatto di sogni o ricordi.

*****

"Non sono un pezzo grosso che va alla US Air Force Academy in Colorado. Vado a scuola a 6 ore da casa."

"Non sono un pezzo grosso. Ed è una tua idea lasciarci. Non mia. Voglio che tu sia la mia ragazza. Voglio che tu..."

"Oh... potresti smetterla, per favore. Sai che non funzionerà. Quattro anni di distanza e non vederci. Noi cosa, forse ci riuniamo per una settimana o due all'anno. Non funziona. Non sarebbe Non funzionerò mai."

"Possiamo far funzionare le cose. Ti ho chiamato due volte a settimana l'anno scorso. Ho scritto molte più lettere di te. Troveremmo il tempo per stare insieme."

"Non funzionerà."

"Perché non vuoi. Guardami. Guardami negli occhi e dimmi che non provi per me lo stesso che provi per te. Siamo giovani, ma devi vedere quello che abbiamo di speciale ."

"Lo è. E lo faccio. Vedo quanto sia speciale. Ecco perché ti amo. Ecco perché devo lasciarti andare."

"Prova a spiegarmi il tuo ragionamento."

Jeri mi mise le mani sulle guance e avvicinò il suo viso lacrimoso alle mie labbra. Un bacio d'addio. Un triste addio.

"Ti amo così tanto, ma imparerei a odiarti se non potessimo stare insieme."

"Ti chiamerò."

"Non farlo. Non risponderò."

"Scriverò."

"Non farlo. Perché non aprirei mai le tue lettere e non ti risponderò mai."

"Perché?" Ho chiesto.

"Se lo faccio, non potrò mai lasciarti andare. Sappiamo entrambi che è finita. Dobbiamo andare avanti."

Il nostro fare l'amore non è avvenuto. Nudi, ci tenevamo tra le braccia e Jeri singhiozzava fino ad addormentarsi. È stata la notte peggiore della mia vita.

*****

Il bacio nella tenda la sera prima è stato l'ultimo.

L'odore della tela oliata e quello che era successo al suo interno sarebbero rimasti con me per il resto della mia vita. Così sarebbe la sensazione di svegliarsi da soli.

Jeri non si trovava da nessuna parte al mattino. Ho bussato alla porta di Joe, ma l'altra sua vicina mi ha detto che aveva visto Jeri e i bambini uscire un'ora prima. Era scomparsa piuttosto che dire addio. Aveva accettato di incontrarmi. Aveva promesso di dire addio. Doveva essere il nostro ultimo abbraccio, ma non è mai avvenuto. Mi ha lasciato partire senza la possibilità di implorare il suo amore.

Baci e abbracci d'addio sono stati dati a mia zia e ai miei cugini. Erano state fatte promesse di rivederci presto, ma sapevamo che non sarebbe stato così per un po'. E quando ho raccolto il mio zaino e sono salito sulla Mercury, ho preso tutto ciò che era in mio potere per non piangere.

In che modo le migliori estati della mia vita si erano trasformate in qualcosa che faceva così male?

*****

"Davvero? È finita così. Hai chiamato o scritto. Vieni nonno. Dimmi che almeno siete rimasti in contatto per un po'."

"No. È finita così."

"Che schifo. Voglio dire, la tua storia è piuttosto triste. Così triste che mi dà una sensazione di merda nell'anima. Forse dovresti cambiare il finale."

"Vorrei poterlo fare. Ma il finale è il finale. E ho vissuto con gli stessi sentimenti 'di merda' per molto tempo," ho guardato mio nipote. Sembrava davvero che la storia lo avesse in qualche modo toccato. "È la vita, Liam. A volte le cose non vanno come previsto."

*****

Svoltare a sinistra sulla Hwy n. 3 mi ha dato una tensione ansiosa nel mio corpo. Per qualche ragione sconosciuta, ero nervoso all'idea di tornare alla spiaggia.

La mia grazia salvifica era Liam. Mi ha guidato come se non fossi mai stato in questa piccola città. Non sapeva che quando passai per Alexandra Rd. alla mia destra, il mio cuore è sprofondato. Volevo svoltare in strada, ma ho continuato a guidare.

"Quassù. Nonno, gira a destra qui. Ho un sito che dice che questo ristorante è abbastanza buono."

Casa Hugo era un piccolo locale messicano sulla vecchia strada. Aveva un patio esterno, ed era quello di cui avevamo bisogno dopo essere stati rinchiusi nel mio camion per così tanto tempo. Liam l'aveva notato o lo aveva cercato su Google. Non so quale, ma quando ho parcheggiato è dove siamo finiti. Questo posto era più nuovo e sicuramente non era qui, l'ultima volta che ero in città. Poi di nuovo, la maggior parte dei posti non lo erano.

Il nostro addetto al ricevimento ci ha chiesto se preferivamo qualcosa dentro o fuori. Liam le ha dato una risposta senza consultarmi. Saremmo rimasti seduti all'aperto, ma il sole caldo ci picchiava addosso.

Avvicinandosi al nostro tavolo, il mio nipote magro e muscoloso attirò l'attenzione di almeno un paio di giovani donne della sua età. Da tavoli diversi, sorridevano nella sua direzione. File scintillanti di denti bianchi perlati, perfetti. La loro pelle abbronzata e i corpi da spiaggia attirarono la sua attenzione. Una ragazza dai capelli biondo ramato fece sì che Liam desse una seconda occhiata.

"Amico, adoro già le ragazze canadesi, nonno."

"Presumi che siano canadesi. Se ricordo bene. Molti americani sono ancora in vacanza e possiedono proprietà da queste parti."

"Quanto dista la spiaggia?"

"Appena oltre la collina. Prenderemo qualcosa da mangiare e sgranchiremo le gambe. Ti farò fare un giro."

"Merda. Questa piccola città deve essere stata il posto più bello del mondo, a quei tempi."

"Non era male. Davvero non era affatto male," dissi mentre i miei occhi scrutavano il bar e la strada. Il solo fatto di trovarmi sulla strada principale del centro storico mi ha riportato alla mente tanti ricordi della mia giovinezza.

Dopo pochi secondi dalla seduta, avevamo ordinato un drink. Ho preso un menu da sfogliare e Liam ha continuato a stabilire un contatto visivo con una delle giovani donne che lo aveva fissato con lo sguardo quando siamo entrati. Era seduta a un tavolo da sola e stava attorcigliando senza pensarci ciocche dei suoi lunghi capelli giallastri.

"Ehi papà. Come faccio a saperlo?"

"Dimmi cosa?"

"Che sia una ragazza canadese o una di noi."

"Con uno di noi, presumo tu intenda, americano e non di un altro pianeta", ho chiesto a mio nipote. Inarcò il sopracciglio e sorrise. Ho aspettato un secondo e ho dato un'altra occhiata alla bellissima ragazza. Un lungo sguardo. In effetti, ho fissato lei e il suo tavolo troppo a lungo. Mi ha sorpreso a guardarlo. Mi ha sorriso. Era così bello, innocente e sincero. Lo restituisco con uno dei miei. La giovane bionda era decisamente bella.

"Lei è canadese."

"Andiamo. Come fai a dirlo?"

"Facilmente. Ha appena chiamato la signora che si è seduta con la sua 'nonna.'"

"COSÌ."

"Beh, la nonna di quella giovane donna è Jeri."

"Cosa? Assolutamente no. Ti ha visto? Stai andando lì? Sapevi che sarebbe stata qui?"

"Non lo sapevo. E sì. Ho intenzione di salutarti prima o poi."

Il mio vecchio cuore batteva forte nel petto. Mi ritornarono ansia e nervosismo come non avevo mai provato in vita mia. Jeri era ancora una visione. Bellissimo. Vibrante. E ora, con una certa maturità e anni, sembrava quasi... aggraziata. Gli anni sembravano essere stati molto buoni con lei. Anche attraverso i miei Ray-Ban ho potuto vedere lo stesso.

La nipote sorridente deve aver detto qualcosa alla nonna sul fatto che noi "fissavamo". La donna più anziana si voltò e guardò nella nostra direzione.

Alzando il bicchiere di tè freddo, ho brindato all'aria.

Jeri ridacchiò, salutò e abbassò la testa. Il suo mento si abbassò e si toccò il petto. Ma quando alzò lo sguardo, aveva un sorriso inconfondibile sul suo bel viso.

"Andiamo," dissi a Liam alzandomi dal tavolo.

Entrambe le donne ci controllarono mentre attraversavamo il pavimento del patio.

Jeri fu il primo a parlare.

"Ehi straniero. Hai voglia di fare un giro sul Wild Mouse?"

"Certo che lo faccio," feci una pausa e mi lasciai assorbire i sentimenti che mi attraversavano la testa. "Jeri. È passato molto tempo. Troppo tempo."

"Certamente. Mi è dispiaciuto tanto sentire di Joyce. È sempre stata così gentile con me."

"No, non era così. Le piacevi solo perché mi tenevo lontano dai suoi guai. E penso che lo dovesse a Joe e Shirley."

La risata contagiosa di Jeri riempì l'aria: "Andy. Stavo cercando di essere gentile."

"Cavolo, come sono cambiati i tempi. Mi sembra di ricordare i giorni in cui tormentare Joyce era un gioco per te."

"Mai", disse arrossendo leggermente.

Il nostro breve momento era finito. Jeri si alzò e mi abbracciò. Era la prima volta che lo faceva in quarant'anni. Immediatamente la mia testa si voltò. Le mie labbra toccarono il suo viso come se fosse la cosa più naturale del mondo per me.

Insieme abbiamo racchiuso quattro decenni in un unico abbraccio di 30 secondi. Immagini. Profumi. Ricordi. Mi balenarono tutti in testa mentre la tenevo tra le braccia.

Volevo tenerla per sempre. Avvicinatela a me e non lasciatela mai più scappare. Ma quando ho sentito le sue braccia allentare la presa, ho capito che era giunto il momento di separarci.

"Scusate. Per favore lasciate che vi presenti mio nipote. Liam, questo è un mio caro amico, Jeri. Signore, mio nipote Liam."

"Liam, non sono sicuro che tu abbia mai visto qualche vecchia foto, o se qualcuno te l'abbia mai detto, ma sicuramente assomigli moltissimo a tuo nonno quando aveva la tua età."

"Così, mi è stato detto," Liam gli tese la mano. "Piacere di conoscerti."

"Sarebbe saggio. E lascia che ti presenti mia nipote. Stacey. Stacey, questo bel vecchio, Andy, è stato il mio primo vero ragazzo. E come hai sentito, il suo nipote clone, è Liam."

Ci furono strette di mano tutt'intorno. E Jeri è stato il primo di noi a invitare l'altro a unirsi a loro. Non l'ha chiesto. Ha semplicemente avvicinato un paio di sedie al suo tavolo e ha detto al cameriere che ora saremmo stati seduti con loro.

Insieme abbiamo parlato e mangiato. Tutti raccontavano storie, ma quando Jeri parlava del passato, vedevo Liam arrossire. Anche se avevo tenuto per me la maggior parte dei dettagli grafici, probabilmente gli avevo comunque raccontato molto più di quanto avrei dovuto.

*****

Con il pranzo e due ore di conversazione alle spalle, era tempo di trovare il nostro noleggio VRBO e il campo di allestimento. Per così dire. Avevo trovato un posto grande a Punta Abino con accesso diretto al lago. Ho pensato che Liam si sarebbe divertito a catturare qualche pesce persico o spigola se avessimo avuto un po' di tempo libero.

Durante tutto il pranzo, non avevo chiesto nemmeno una volta a Jeri dove alloggiassero lei e sua nipote.

"Signore. Siamo al punto. E voi?"

"BENE..."

Sia io che Liam li guardavamo e ascoltavamo con interesse. Nessuno di noi era sicuro di cosa significassero "bene" e il lungo ritardo. Ma sapevamo che avrebbe potuto avere diverse risposte.

"Abbiamo portato delle cose per restare, in modo da non dover fare il lungo viaggio verso casa entrambe le sere. Ma il CBM ha una stanza solo per stanotte. Domani è tutto prenotato."

Il CBM era il Crystal Beach Motel. Era piccolo e alla periferia della città.

"Perfetto. Buon per loro. È un periodo dell'anno impegnativo. Considerando che gli ultimi due anni sono stati così, sono sicuro che hanno bisogno di questo business", ho continuato indicando il mio camion. "Sono nello Yukon. Seguici fino alla casa. Il posto è enorme, quattro o cinque camere da letto e bagni. Spazio più che sufficiente per quelli come noi."

La testa di Jeri si inclinò come se mettesse in dubbio le mie motivazioni. Ma Stacey la stava già tirando per il braccio. Costringendola a dirigersi verso l'auto con cui ci avrebbero seguito.

"Andy. Forse dovremmo..."

"Si chiama avventura. Ricordi quelle parole? Una volta erano tue. Passeremo un po' di tempo in spiaggia. Troveremo un posto per una bella cena. Poi accenderemo un fuoco vicino all'acqua." Ho cliccato sul pulsante di rilascio e ho aperto la portiera del mio camion. "Andiamo. Sarà come ai vecchi tempi."

Il suo "ecco di cosa ho paura" si è sentito chiaro come una campana.

Fare un'inversione di marcia. Ho spostato il camion lungo la strada e ho aspettato. Jeri, con riluttanza, si mise al volante e iniziò a seguirlo.

"Grazie. Grazie. Grazie. Gesù Cristo. Nonno, hai visto quella ragazza? Voglio dire... wow. È davvero sexy. Lo giuro. Ti sto comprando il regalo di Natale più bello di sempre."

"Calmati ragazzone. Non è ancora successo niente." Capivo il suo entusiasmo. Mi sentivo allo stesso modo nel passare del tempo con Jeri.

"Non è necessario. Sta nella nostra stessa casa. Andremo in spiaggia insieme. Mi ha dato le sue informazioni. E l'hai notato. Ci siamo anche fatti un selfie insieme. Questo è molto più di "niente" '. Ho ragione?"

"Resta da vedere."

"Oh, sarà 'visto'. Di sicuro lo è. Hai sentito cosa mi ha detto? Ha detto che lei e io sembravamo una versione più giovane di te e Jeri."

*****

Il viaggio dalla città a Point Abino dura solo pochi minuti. Sfortunatamente, a causa delle case e dei cottage lungo il lago, non si vede molto. Ma quando finalmente giri a sinistra, è un mondo completamente diverso.

"Merda...guarda il lago."

"Te l'avevo detto. È davvero bello."

"Bello? Nonno. È fantastico. Ed enorme," Liam si era slacciato la cintura di sicurezza e si era chinato su di me mentre fissava l'acqua fuori dal finestrino. "Che cos'è?"

"Siamo noi. Gli Stati Uniti sono proprio dall'altra parte del lago. Circa trenta miglia."

"Lo vedo chiaro come il sole."

"Semplicemente non farti venire alcuna idea di nuotare fin lì. È molto più lontano di quanto sembri."

"Non preoccuparti. Non lascerò il fianco di Stacey finché non mi obbligherai a farlo."

"Perché ti credo?"

*****

Il nostro noleggio era oltre i cancelli di sicurezza. Era su una sezione privata del punto. Molto lontano dal Bertie Boat Club. Un posto dove io e Jeri andavamo di nascosto quando potevamo, anni fa. Condividevamo un piatto di patatine fritte o un hamburger mentre ci godevamo la vista dell'acqua.

La casa aveva meno di vent'anni. Anche così, aveva comunque subito un'importante ristrutturazione di recente. Era una proprietà privilegiata.

"Signore, potete scegliere la stanza che preferite. Io scelgo la prossima. E vedremo se c'è un posto sul pavimento dove Liam può dormire."

Il suo pugno mi colpì leggermente sul braccio mentre le ragazze ridevano. Il suo "molto divertente" l'ho sentito solo io.

Il posto era perfetto. E in pochi minuti avevo aperto una bottiglia di vino e i bambini si erano cambiati e si dirigevano verso la spiaggia.

"Unisciti a me sulla veranda?"

"Assolutamente. Dammi solo un minuto," mi disse Jeri mentre saliva le scale.

Sia io che Liam li guardavamo e ascoltavamo con interesse. Nessuno di noi era sicuro di cosa significasse "bene" e il lungo ritardo. Ma sapevamo che avrebbe potuto avere diverse risposte.

"Abbiamo portato delle cose per restare, in modo da non dover fare il lungo viaggio verso casa entrambe le sere. Ma il CBM ha una stanza solo per stanotte. Domani è tutto prenotato."

Il CBM era il Crystal Beach Motel. Era piccolo e alla periferia della città.

"Perfetto. Buon per loro. È un periodo dell'anno impegnativo. Considerando che gli ultimi due anni sono stati così, sono sicuro che hanno bisogno di questo business", ho continuato indicando il mio camion. "Sono nello Yukon. Seguici fino alla casa. Il posto è enorme, quattro o cinque camere da letto e bagni. Spazio più che sufficiente per quelli come noi."

La testa di Jeri si inclinò come se mettesse in dubbio le mie motivazioni. Ma Stacey la stava già tirando per il braccio. Costringendola a dirigersi verso l'auto con cui ci avrebbero seguito.

"Andy. Forse dovremmo..."

"Si chiama avventura. Ricordi quelle parole? Una volta erano tue. Passeremo un po' di tempo in spiaggia. Troveremo un posto per una bella cena. Poi accenderemo un fuoco vicino all'acqua." Ho cliccato sul pulsante di rilascio e ho aperto la portiera del mio camion. "Andiamo. Sarà come ai vecchi tempi."

Il suo "ecco di cosa ho paura" si è sentito chiaro come una campana.

Fare un'inversione di marcia. Ho spostato il camion lungo la strada e ho aspettato. Jeri, con riluttanza, si mise al volante e iniziò a seguirlo.

"Grazie. Grazie. Grazie. Gesù Cristo. Nonno, hai visto quella ragazza? Voglio dire... wow. È davvero sexy. Lo giuro. Ti sto comprando il regalo di Natale più bello di sempre. "

"Calmati ragazzone. Non è ancora successo niente." Capivo il suo entusiasmo. Mi sentivo allo stesso modo nel passare del tempo con Jeri.

"Non è necessario. Sta nella nostra stessa casa. Andremo in spiaggia insieme. Mi ha dato le sue informazioni. E l'hai notato. Ci siamo anche fatti un selfie insieme. Questo è molto più di "niente" '. Ho ragione?"

"Resta da vedere."

"Oh, sarà 'visto'. Di sicuro lo è. Hai sentito cosa mi ha detto? Ha detto che lei e io sembravamo una versione più giovane di te e Jeri."

*****

Il viaggio dalla città a Point Abino dura solo pochi minuti. Sfortunatamente, a causa delle case e dei cottage lungo il lago, non si vede molto. Ma quando finalmente giri a sinistra, è un mondo completamente diverso.

"Merda...guarda il lago."

"Te l'avevo detto. È davvero bello."

"Bello? Nonno. È fantastico. Ed enorme," Liam si era slacciato la cintura di sicurezza e si era chinato su di me mentre fissava l'acqua fuori dal finestrino. "Che cos'è?"

"Siamo noi. Gli Stati Uniti sono proprio dall'altra parte del lago. Circa trenta miglia."

"Lo vedo chiaro come il sole."

"Semplicemente non farti venire alcuna idea di nuotare fin lì. È molto più lontano di quanto sembri."

"Non preoccuparti. Non lascerò il fianco di Stacey finché non mi obbligherai a farlo."

"Perché ti credo?"

*****

Il nostro noleggio era oltre i cancelli di sicurezza. Era su una sezione privata del punto. Molto lontano dal Bertie Boat Club. Un posto dove io e Jeri andavamo di nascosto quando potevamo, anni fa. Condividevamo un piatto di patatine fritte o un hamburger mentre ci godevamo la vista dell'acqua.

La casa aveva meno di vent'anni. Anche così, aveva comunque subito un'importante ristrutturazione di recente. Era una proprietà privilegiata.

"Signore, potete scegliere la stanza che preferite. Io scelgo la prossima. E vedremo se c'è un posto sul pavimento dove Liam può dormire."

Il suo pugno mi colpì leggermente sul braccio mentre le ragazze ridevano. Il suo "molto divertente" l'ho sentito solo io.

Il posto era perfetto. E in pochi minuti avevo aperto una bottiglia di vino e i bambini si erano cambiati e si dirigevano verso la spiaggia.

"Unisciti a me sulla veranda?"

"Assolutamente. Dammi solo un minuto," mi disse Jeri mentre saliva le scale.

La vista dell'acqua era rilassante. E gli enormi alberi che fiancheggiavano la proprietà regalavano molta ombra per questi caldi pomeriggi estivi. Era qualcosa che ricordavo sempre del Lago Erie. Anche nelle giornate più calde sembrava esserci una piacevole brezza che usciva dall'acqua.

Quando Jeri è tornata, ho sorriso. Dovevo. Era una versione cinquantenne di se stessa a 18 anni. T-shirt bianca con maniche risvoltate. Taglia i pantaloncini di jeans blu. E un paio di infradito. Le Converse erano scomparse.

"Liam è un bel ragazzo."

"Lo è. Sono molto orgoglioso di lui. Stacey mi ricorda una persona molto cara al mio cuore."

La mano di Jeri si allungò dalla sedia a sdraio e mi toccò il braccio.

"Bene. Pensi che riusciremo a recuperare tutti gli anni perduti prima che tornino a chiedere cibo?"

"Possiamo sicuramente provarci."

Niente era cambiato. Il sole, la brezza, la conversazione e il sorriso di Jeri. Erano incredibili proprio come lo erano stati tanti anni fa. Solo il contesto era diverso. Prospettive diverse, se vuoi.

Solo quando abbiamo visto Stacey e Liam camminare mano nella mano sulla spiaggia abbiamo controllato l'ora. Quattro ore erano passate in un lampo.

*****

Per qualcuno che non era mai stato in Canada, Liam trovò facilmente un altro ristorante.

335 on the Ridge per pizza, ali di pollo e insalata.

Pur avendo trascorso alcune estati quassù, non ricordavo di essere mai stato a Ridgeway. Come Crystal Beach, è una cittadina fantastica, ma non è proprio sull'acqua.

Dopo aver fatto il pieno di pizza nel forno a legna, siamo tornati al cottage e, come previsto, abbiamo acceso un fuoco.

Nell'oscurità della notte, la mano di Jeri mi toccava mentre parlava. Le sue storie erano diventate più animate di quanto ricordassi che fossero mai state in passato.

In un giorno ci eravamo ritrovati. Abbiamo raccontato storie di vita, amore e difficoltà. Due vecchi amici si ritrovano.

Molto tempo dopo che il fuoco si era ridotto a nient'altro che ambra e carbone ardenti, Jeri si alzò per augurare la buonanotte.

"Andy, grazie per la fantastica giornata. La conversazione e l'ospitalità non sono seconde a nessuno."

"È la compagnia che mantengo. E hai ragione. Oggi è stata una giornata fantastica. Spero che domani sarà ancora migliore."

*****

Ad un certo punto della notte, ho sentito il rumore di passi morbidi che toccavano le assi di legno del corridoio. Non bussarono alla porta. Nessuna richiesta di ingresso. Solo il giro della maniglia e un leggero cigolio della porta nel buio della notte.

Sebbene fosse mezzanotte passata, la luna brillava abbastanza da mostrare il mio ospite. Jeri si chiuse la porta alle spalle e si avvicinò al mio letto.

Vestita solo con una veste abbastanza aperta da mettere in mostra una scollatura molto più ampia di quanto potessi ricordare.

"Posso io?" chiese Jeri mentre slacciava la fascia della sua coperta di spugna.

"Per favore fallo."

"Niente è cambiato."

"Come mai?" ho chiesto.

"Quarant'anni dopo e stai ancora aspettando che io faccia la prima mossa."

"Solo perché sei sempre stato più coraggioso."

"Andy..." la sua pausa era genuina. "Non sono mai stato...sono più nervoso stasera di quanto lo fossi la nostra prima notte."

Alzando la mano. Ho preso il suo nel mio. Le mie labbra ne trovarono il retro e applicarono un bacio.

"Non c'è bisogno di esserlo. Vecchi amici. Vecchi amanti. Siamo sempre gli stessi. Solo il mondo intorno a noi è cambiato."

Quando la vestaglia ha toccato terra, ho ammirato ogni centimetro del corpo sexy di Jeri. È stato perfetto. Esattamente quello che mi aspettavo da una donna che avrebbe compiuto sessant'anni. Speravo che mi trovasse attraente quasi quanto io trovavo lei.

La morbidezza delle sue labbra trovò le mie mentre si rannicchiava sotto le coperte e si avvolgeva tra le mie braccia e le mie gambe. Come le avevo detto prima quel giorno. Come ai vecchi tempi.

"Jeri..."

"Sì," mi sussurrò all'orecchio.

"Sei sicuro?"

"Su una cosa. Sono sicuro che se dovrò aspettare altri quarant'anni per vederti, sarà troppo tardi per tutti e due."

*****

Le nostre lacrime erano solo la punta di un iceberg chiamato "emozione". Il tocco, il gusto e l'odore di una ragazza che avevo conosciuto una volta mi riportarono alla mente un flusso di ricordi che avevo cercato di tenere rinchiusi. Ricordi ed emozioni rimasti sigillati in un caveau per decenni. Solo per essere riaperto, stasera.

"Jeri, sei ancora la ragazza più sexy che conosco. E il tuo sedere è sodo come lo era tanti anni fa."

"Troppi anni in piedi. L'allattamento fa un sacco di chilometri su un paio di scarpe."

"Beh, ti ha ripagato. Hai un aspetto incredibile."

"Andy. Sono passati più di cinque anni da quando... non voglio deluderti."

"Delumimi. Non potresti mai deludermi. Stare qui accanto a te sarebbe più che sufficiente per me. Non c'è niente al mondo che potrebbe mai 'deludermi' quando sono con te."

"Possiamo fare l'amore?"

"Questo mi renderebbe l'uomo più felice del pianeta. Ho aspettato quarant'anni per sentirti fare di nuovo quella domanda."

Il nostro fare l'amore non assomigliava per niente all'ultima volta che eravamo insieme.

Non c'era fretta. Nessuna urgenza. Non c'è bisogno di fare ogni singola cosa possibile. No. Questa volta è stato diverso in un modo molto speciale.

Speciale e magico. Molti preliminari. Toccante. Baciare. Mordere. Carezzevole. E quando è arrivato il momento di fare l'amore, sono strisciato tra le gambe aperte di Jeri come avevo fatto tante volte prima. Con grazia e facilità, ha guidato la mia durezza a casa.

Insieme. Uniti come uno. Ci muovevamo come amanti che non avevano mai conosciuto un giorno di separazione. In sincronia. All'unisono. Fianchi, mani, bocche. Entrambi abbiamo dato. Entrambi abbiamo ricevuto. E quando abbiamo raggiunto l'apice. Ogni utilizzo era ben oltre il punto di preoccuparsi di chi ci ascoltava.

*****

Per molto tempo siamo rimasti insieme in silenzio. Jeri con la testa appoggiata al mio petto mentre io le arrotolavo i capelli tra le dita senza pensarci.

"Mi sei mancato, Andy. Non avrei mai pensato che ti avrei rivisto. Non importa fare quello che abbiamo appena fatto."

"Ti avevo chiesto di venire..."

Le sue dita si sollevarono e mi coprirono le labbra.

"Shhh. Non potremo mai cambiare il passato. E non vorrei farlo. Ho due figli meravigliosi e tre nipoti che significano moltissimo per me. Non lo cambierei nemmeno se potessi. E ho visto il il modo in cui interagisci con Liam, sono abbastanza sicuro che provi lo stesso per la tua famiglia."

"Vero. Ma ho sempre avuto la sensazione che avessimo perso un'occasione d'oro."

"Forse la morte ci ha portato una nuova vita."

Crogiolandomi nel bagliore del fare l'amore e nelle sensazioni di quello che era appena successo tra noi, mi sono aggrappato al mio amante. La sua pelle morbida, liscia e calda e il suo corpo premuti contro il mio. Un legame così stretto che nessuno dei due aveva intenzione di lasciare che l'altro scappasse di nuovo. Era una "nuova vita"?

*****

Dal mio letto, con il mio amante stretto tra le mie braccia, ho sentito ancora una volta lo scricchiolio dei pavimenti in legno dei cottage. Liam era in movimento. Senza dubbio stava andando a trovare Stacey.

"Vuoi che metta fine a tutto ciò?"

"Sì, perché è mia nipote. No. Perché se è come te, lei lo merita nella sua vita."

"Non c'è bisogno di addolcirmi, bellezza. Se ricordi. Ne sono sicuro."

"Oh, lo so. Non riesco a ricordare un momento in cui tu abbia mai rifiutato un'offerta che ti ho fatto."

"Allora e adesso. Non accadrà mai."

"Suppongo che Liam sia allo stesso modo. Dovremo morderci la lingua e lasciare che si divertano. Perché sembra che stiano solo seguendo l'esempio che abbiamo dato loro."

"Speriamo che non siano rumorosi come lo erano i loro nonni quando avevano quell'età."

"Shhhh... non ricordarmelo. Joe continua a prendermi in giro quando ricorda i vecchi tempi."

La sua mano si infilò sotto le coperte. Quando ha trovato quello che cercava, ha alimentato la durezza della mia asta.

"Sì. Sembra un altro ricordo. Probabilmente questa cosa è stata più volte più dura che morbida. E sembra che sia pronta per ripartire."

"Vero. Lo è. Ma è colpa tua. È sempre stata colpa tua."

La risata di Jeri mi ha fatto sentire bene il cuore. E quando lei si è rotolata dentro di me e ha premuto il suo seno nudo contro il mio petto, gli orologi hanno girato all'indietro e non si sono fermati finché non si sono lasciati alle spalle più di quaranta anni.

"Ricordo la sensazione del tuo corpo nudo che mi toccava come se fosse ieri. E quando mi baci, posso ancora assaporare il cocco di quei polloni che amavi."

"Anche io."

"Ricordo che mi sentivo così bene. Caldo e accogliente sotto. E quei capezzoli duri come la roccia su quel seno perfetto. Così naturale."

Le sue labbra soffocarono le mie mentre faceva oscillare la gamba sopra i miei fianchi e mi montava.

"Signore, ho intenzione di sfruttarti questo fine settimana."

*****

Il sole sorgeva sul lago e sembrava che sarebbe stata un'altra giornata perfetta. Liam scese per primo. Si era fatto la doccia ed era pronto per un altro giorno. Sorridere da un orecchio all'altro.

"Liam, dobbiamo parlare."

"Ma nonno. Io..." l'imbarazzo gli riempì il volto.

"I. I. Tu cosa? Non interrompere. Voglio solo dirti alcune cose."

"Mi dispiace, io..."

"Solo stai attento."

"Certo. Sì." Liam si avvicinò e abbassò la voce. "Stacey prende la pillola. E devo dirtelo. È fantastico."

"Davvero?"

"Assolutamente."

"E per lei. È fantastico per Stacey?"

"Credo di si."

"Non è proprio compito mio. Non avrei dovuto raccontarti la storia, né dovrei raccontarti questa, ma non 'pensare'. Assicurati. Trattala in modo speciale. Se assomiglia un po' a sua nonna, e la tratti beh, avrai i tuoi ricordi che dureranno tutta la vita. Un giorno racconterai a tuo nipote della tua visita estiva a Crystal Beach.

"Nonno. Non voglio vantarmi... ma wow. È così bella. Penso di amarla già."

"Ama chi?" disse Jeri entrando nella stanza. Stacey lo segue da vicino, sorridendo brillantemente.

"Tu. Liam mi stava dicendo che gli piaceva quanto fossero buoni gli snack che hai preparato ieri sera."

"Bene, grazie gentile signore. È stato un piacere."

Stacey e Liam si fissarono e si mossero irrequieti. La loro giovinezza e la loro energia sessuale stavano quasi creando una carica elettrica di elettricità statica che riempiva l'aria.

"Che cosa avete in programma oggi per voi due?" Ho chiesto di allentare la tensione.

"Magari portate fuori i kayak o la canoa. Voglio dire, se voi ragazzi non avete obiezioni."

Guardando Jeri, entrambi annuimmo in segno di approvazione.

*****

Stacey e Liam si susseguivano come cuccioli innamorati. A braccetto e mano nella mano. Scomparivano alla vista e quando riapparivano era abbastanza facile vedere cosa avevano combinato.

L'intera giornata di venerdì siamo stati insieme tutti e quattro. E quando ci siamo sistemati per un falò, Liam e Stacey erano pronti per stare da soli. Ma dando credito dove è dovuto, sono rimasti con noi e hanno preso parte alla conversazione.

Fu solo quando Jeri ci disse che sarebbe andata a immergersi in una vasca piena di bolle che anche i bambini si scusarono.

Ho visto le fiamme spegnersi e sono entrato.

La sala era piena di risatine sommesse. Risatine che speravo non mi avrebbero mai causato problemi.

Nella mia stanza buia ho trovato Jeri che aspettava. Non c'era alcuna pretesa di quale fosse la sistemazione per la notte.

"Se vuoi sciacquarti, l'acqua è ancora nella vasca."

Un invito, se mai ne avessi sentito uno.

*****

Le cerimonie di sabato non potevano che portare tristezza.

La piccola cerimonia si è tenuta in una sala non lontano da dove viveva mia zia. Stranamente, conoscevo circa venti delle sessanta persone presenti. Parenti da tutti gli stati e dal Canada erano venuti a rendere omaggio. C'erano anche gli amici di famiglia.

Non appena entrai nel corridoio, potevo sentire un paio di occhi su di me. La persona a cui appartenevano gli occhi sorrise e salutò.

Salutandomi, ho pensato: "cavolo, come sono cambiati i tempi. Sembra che non mi odi più".

Era passato molto tempo, ma avrei riconosciuto Joe ovunque. A parte i capelli grigi, e qualcuno in meno, non era cambiato.

Aveva ancora l'aspetto trasandato e sfoggiava ancora grandi baffi. Ma era ancora magro. Sembra solo più vecchio.

"Straniero. È passato così tanto tempo che non riesco a credere quanto sei cambiato," disse Joe mentre si avvicinava a me.

"Speriamo in meglio. Piacere di vederti, Joe," dissi tendendogli la mano. Lo prese e lo scosse con forza.

"Si vantava sempre di te. Raccontava a chiunque volesse ascoltarti che volavi con quegli F-16 tosti. 'Proteggere il mondo', come diceva lei." Ho annuito timidamente. "Le sei mancato," aggiunse Joe.

"Sì. Lo so. Sfortunatamente, ho avuto la possibilità di vederla solo a poche funzioni familiari. E così è stato nel corso degli anni. Non era nemmeno lontanamente sufficiente. Ora che se n'è andata, sento che avrei dovuto impegnarmi di più per tornare qui. O magari portarla da noi per una visita."

Joe si strofinò la faccia e si accarezzò i baffi. Girò la testa verso l'urna di Joyce e annuì. Poi guardò verso il punto in cui i suoi figli ormai adulti, con figli propri, stavano con Stacey e Jeri. Espirò una profonda boccata d'aria.

"Sembra che la famiglia trovi sempre il modo di evitarsi a vicenda. La nostra è la stessa cosa. È inevitabile. Ma in realtà intendevo Jeri. Lei non è mai stata la stessa dopo quelle estati che voi ragazzi avete passato insieme."

"Eravamo bambini."

"Ragazzi innamorati. Pensavamo tutti che voi ragazzi che vi lasciate fosse la cosa giusta da fare. Ma non lo era. Dopo il primo semestre di scuola, sapeva di aver combinato un pasticcio allontanandovi. E quando si è diplomata, ha Si è sistemata. Ha sposato un ragazzo che non amava. Un ragazzo che non l'amava. Ha sprecato quasi vent'anni della sua vita con quello stronzo. Ma lei non si è mai lamentata nemmeno una volta amavano i bambini che condividevano."

"Io...non sapevo..."

"Come hai potuto? Come ho detto, tutta la nostra famiglia sapeva che Jeri ti aveva allontanato. Nel corso degli anni, abbiamo ascoltato la storia centinaia di volte. E ogni volta che la sentivamo, diventava sempre più triste. L'unica volta in cui era felice era quando parlava di te vantandosi di te e dell'Air Force."

"Lei...non ho mai avuto sue notizie. Nemmeno una volta."

"Pensavi che l'avresti fatto? Tra un milione di anni, non l'avrebbe fatto. Non dopo aver scoperto che ti sei sposato."

Entrambi guardammo sua sorella. La sua testa si inclinò e fece una strana espressione facciale. Chiaramente sapeva che stavamo parlando di lei.

"Quando Jeri è entrata nel corridoio stamattina, e ti teneva il braccio, è stata la prima volta dopo molto tempo che la vedevo raggiante e sorridente. Un tempo molto lungo, davvero. Mi ha ricordato un po' le mattine in cui lei sgattaiolava fuori dalla tenda ai vecchi tempi."

*****

Le ceneri di mia zia galleggiarono nel lago. Tutti andarono alla spiaggia e guardarono i suoi due figli entrare nell'acqua calma e gettare pezzetti di cenere dalla sua urna. Lasciandoli cadere nella piscina blu sottostante. Joyce era finalmente diventata tutt'uno con il lago che amava.

*****

Panini e freschi rinfreschi sono stati distribuiti mentre i presenti si riunivano per raccontare e ascoltare storie degli anni in cui Joyce ci ha onorato con i suoi regali. Era l'ultimo membro rimasto della sua famiglia a vivere nella zona. I miei cugini avevano seguito il padre a nord. Dopo il divorzio erano abbastanza grandi per scegliere. Hanno scelto Jack.

La vecchia casa di famiglia era stata venduta molto tempo fa. Joyce viveva con un'amica. Una vedova della zona e insieme condividevano un appartamento vicino all'acqua.

I dettagli del funerale furono definiti molto prima della sua morte. Fino all'ultimo tavolo e alla sedia che vengono piegati e riposti. E quando tutti si separarono per prendere strade separate, fece male solo per un po'.

*****

Sabato sera sarebbe stato proprio come gli ultimi due.

Con gli eventi della giornata alle spalle, tornammo al cottage. Eravamo ancora una volta solo noi quattro. Liam stava preparando il fuoco e Stacey era dentro ad aiutare sua nonna.

"Grazie per essere venuto con me questo fine settimana. Soprattutto oggi. Apprezzo davvero la compagnia. E contrariamente a quello che dicono i tuoi genitori, sei un bravo ragazzo."

"Mi stai ringraziando? È stata la settimana più bella della mia vita e dell'estate. In più, hai visto Stacey, vero? Ti sarò per sempre debitore. L'intero viaggio. Il lago. Il cottage. Amico... .è stato..."

"Quindi immagino che ti piaccia qui.

"Ti piace? Mi dispiace dirlo, nonno. Ma al diavolo la mia altra vita. Quella a casa è finita per me. Resto qui. Quando torni, dì a mamma e papà che mi mancheranno. Ma non lascerò mai Crystal Beach."

"Nessun problema, ma dovrai tornare per il mio funerale."

"Cosa? Il tuo funerale. Di cosa stai parlando?"

"Sto parlando di tua madre. Pensaci, piccolo stronzo. Se tornassi a casa senza di te, sicuramente tua madre mi ucciderebbe."

"Potrebbe essere arrabbiata per un po'. Ma... ucciderti..."

"Assolutamente. Coltello. Pistola. Mani nude. Non ho dubbi. Lei mi ucciderebbe."

Liam si guardò intorno nel cortile e verso il lago. I suoi occhi fissavano su e giù la spiaggia. Non disse nulla, ma quando la zanzariera di legno si chiuse sbattendo e vide Stacey, sorrise. Stava camminando verso di noi con una dolce piccola oscillazione nei fianchi. Come sua nonna, ora indossava il bikini. Lei e Jeri avevano preparato un po' di tè freddo. Stacey aveva un vassoio di bicchieri pieni di ghiaccio e Jeri era subito dietro con una brocca di tè. Guardandomi di nuovo, Liam sorrise di nuovo. Il suo pugno mi colpì dolcemente al braccio.

"Mi mancherai davvero quando non ci sarai più, nonno."

Le sedie erano così vicine che si toccavano. Lui e Stacey non erano più timidi nel mostrare il loro affetto. Seduti mano nella mano, sorridevano e parlavano. Era come se si conoscessero da tutta la vita.

Jeri e io li guardavamo come se fosse stata riproposta la storia della nostra vita.

*****

"Piccola creatura rumorosa, non è vero?" disse Jeri dal nostro letto. Il suo viso seppellito nel mio collo. I gemiti e i gemiti di sua nipote riempivano l'aria della notte.

"Mi ricorda un po' un altro membro della sua famiglia."

"Non sono mai stato..."

"No. Non lo eri. In realtà eri un po' più rumoroso. Lo sei ancora."

"Mi oppongo."

"A cosa?"

"Riguardo a quanto ero o sono rumoroso."

Le mie mani scivolarono lungo la curva della sua schiena e si fermarono sul calore del suo fianco. La sensazione della sua pelle morbida mi piacque. Era passato molto tempo dall'ultima volta che avevo goduto della sensazione di una donna accanto a me nel letto, e questi ultimi giorni mi avevano reso un uomo molto felice.

Avvicinando il mio corpo al suo, ho messo le mie labbra al suo orecchio e ho lasciato che toccassero il suo lobo mentre sussurravo.

"Io dico che proviamo un piccolo esperimento." Lasciando che le mie labbra vagassero lungo il suo collo e la sua spalla, mi fermai solo quando la mia bocca raggiunse il suo capezzolo. Prima di circondarlo con la lingua, l'ho presa in giro dicendo: "Cominciamo da qui".

La mano di Jeri mi afferrò la testa non appena il suo capezzolo mi scivolò in bocca. Lei sussultò e fece del suo meglio per reprimere un grido.

"Oh, combatti sporco..." tubò mentre strofinavo le dita sulle labbra della figa. "Non è giusto, signore. Non è giusto, affatto."

"Non sto cercando di essere giusto. Sto cercando di dimostrare che essere rumorosi mentre si fa sesso è ereditario."

"Ohhhhhhhhhh," gemette rumorosamente da qualche parte nel profondo della mia amante quando strinsi i denti sul suo capezzolo e affondai un dito nella sua umida femminilità. Avevo dimostrato il mio punto.

*****

Domenica mattina, mentre Jeri e Stacey facevano shopping e Liam era fuori su un paddleboard, ho avuto una visita. È rimasta al cottage per quasi due ore. Effettuare le chiamate. Rispondere alle chiamate. Compilazione di documenti. E fare tutte le altre cose che andavano di pari passo con il suo lavoro. Con una stretta di mano e l'accordo di incontrarsi nel suo ufficio martedì pomeriggio, uscì dal vialetto. Con un tempismo quasi impeccabile, Stacey parcheggiò l'auto della nonna sull'erba vicino alla casa.

"Era un agente immobiliare?" chiese Jeri mentre mi porgeva una borsa piena di generi alimentari.

"Certo che lo era."

"Che diavolo ci faceva qui?"

"Stava vendendo una casa."

"Awwww. Che peccato. Questo è un posto davvero fantastico. Sarebbe stato carino magari affittarlo di nuovo la prossima estate," disse con la mano che mi massaggiava dolcemente il braccio tra il gomito e la spalla.

"Non preoccuparti. Potrai restare qui la prossima estate."

"Come fai a saperlo? Il broker ha detto che il nuovo proprietario continuerà a elencarlo su VRBO?"

"No. Non ha detto questo."

"Allora come fai a sapere che sarà disponibile?"

"Perché l'ho comprato."

"Oh mio Dio. Andy. Davvero? Come casa estiva?"

"Sì e no. È mia intenzione passare qui le mie estati. Potrei restare qui anche più a lungo. Ma dipenderà da te."

"Io? Come mai?"

"Mi trasferirò qui se prometti di restare qui con me. Resta e non andartene mai più."

Un'espressione scioccata si dipinse sul volto di Jeri. Non si era mai aspettata che dicessi quello che avevo.

"Cosa? No. Andy... non puoi dire sul serio."

Le mani di Jeri le coprirono il viso con un movimento giovanile. L'ho vista a 18 anni, nel cortile di Joe. Mordendosi l'unghia del pollice. Lacrime agli occhi. Felice di vedermi. Come quel giorno, questa Jeri non nascondeva il suo shock e la sua sorpresa a nessuno tranne che a se stessa.

"Completamente. Ci vorrà qualche giorno prima che le pratiche burocratiche siano completate, ma quando lo saranno, vorrei chiederti di trasferirti da me. Non c'è nient'altro al mondo che desidero di più."

"Ma... lavoro ancora."

"Vai in pensione. Vendi la tua casa e investi i soldi. Sicuramente meriti un po' di tempo libero. Unisciti a me. Abbiamo così tanto da recuperare. Voglio passare ogni singolo giorno della mia vita con te."

"Andy. Sono una vecchia. E non sono sicura di essere pronta a risposarmi."

"Se sei una vecchia, questo fa di me un vecchio. Non dobbiamo sposarci subito. In effetti, non dobbiamo mai sposarci. Viviamo insieme. Ogni singola notte sarà come la nostra prima notte che abbiamo passato insieme sotto il temporale."

"Tu...ti ricordi."

"Ricordi? Come potrei mai dimenticare."

"Ma..."

"Niente ma. Possiamo viaggiare ovunque. Vediamo il mondo. Almeno staremo insieme. Rilassandoci e godendoci la vita. Abbiamo il diritto di essere felici. Ce lo meritiamo. Vediamo dove ci porta la strada."

"Questo è folle."

"Ora che ci siamo riavvicinati, ho bisogno di te nella mia vita. Se avessi voce in capitolo, non ti permetterei mai più di lasciarmi."

"Ma... abbiamo..."

"Abbiamo cosa? Sei stata la mia prima ragazza. La mia prima amante. Non voglio altro che che tu sia l'ultima."

"Andy. Le cose non sono quello che sembrano. Sono cambiato. Siamo cambiati."

"Non lasciarmi adesso. Non andartene e non salutarmi più. Una terza volta mi ucciderebbe.

Jeri spostò il suo corpo verso il mio e avvolse la mia maglietta tra le sue mani.

"Sai che il parco e il drive-in sono scomparsi da tempo?"

"Completamente. Ma, come mi disse una volta una ragazza sexy, 'Si chiama avventura'.

*****

La mia ragazza. Il mio amante. La mia anima gemella.

La stessa creatura sexy e bella sedeva fuori sulla veranda del nostro cottage. Era primavera inoltrata. E anche se il ghiaccio del lago Erie si era completamente sciolto, sulla baia soffiava ancora una brezza fresca. Faceva abbastanza caldo per sederci all'aperto. Ma un maglione e il nostro caminetto a gas hanno contribuito a tenere lontana l'aria fredda.

Era il mio turno di riempire le tazze di caffè vuote. Era diventato un rito. Sedersi fuori e prendere un caffè. Vivi, ama e goditi le nostre vite ritrovate insieme.

Non c'era modo di ascoltare il messaggio in arrivo da dove mi trovavo in cucina. Non avrei nemmeno saputo di avere un messaggio se Jeri non mi avesse chiamato.

"Potete controllare per me?" Ho richiamato.

Pochi secondi dopo, mi ha detto che era di Liam.

"Il suo messaggio dice: 'Ehi nonno. Ho una settimana di lettura in arrivo e mi chiedevo se potevo passare la settimana a studiare a casa tua?'"

"Rimanda indietro: "Che coincidenza. Stacey ci ha appena mandato lo stesso messaggio. "Guarda cosa ha da dire quella stronzata a riguardo."

Quando il telefono ha squillato, Jeri mi ha letto il messaggio senza esitazione. "Non lo dici."

"Lo dico," ho urlato ridendo. Dopo aver aspettato qualche minuto, Jeri gliene inviò un altro. "Facci sapere quando arrivi a Buffalo. Ti verremo a prendere."

"Vi voglio bene ragazzi!" fu il suo ultimo messaggio quel giorno.

Uscendo verso il portico, consegnai a Jeri il suo piatto di frutta a fette e mi sedetti accanto a lei. Mi ha mostrato lo schermo del mio telefono ed entrambi abbiamo sorriso.

"Prepariamo due stanze?" Lei chiese.

Sembrava che, per quanto potessi ricordare, il suo sorriso contagioso avesse sempre illuminato la mia giornata.

"Perché preoccuparsi. È una scommessa sicura supporre che condivideranno comunque lo stesso letto."

FINIS

CIRCA L'AUTORE

SALEM DEVINE è uno studioso di protesta che scrive libri erotici come mezzo per praticare l'evasione letteraria. Gli ci sono voluti più di 8 anni per scrivere il suo romanzo d'esordio, ma ci sta ancora lavorando. È uno scrittore non conformista e perfezionista Chicago con sua moglie e suo figlio Leo.

***

lustypop69@gmail.com

SNEAK PREVIEW OF OUR BESTSELLERS

ADULT READERS ARE URGED TO CHECK OUT THESE SEMI X-RATED TITLES OF AVANT GARDE PHOTO-EROTICA BOOKS

- MINA – SOLOMON GRACE
- DIRTY DIANA – PHILLIP TYSE
- ANNA (The Analyst) – SOLOMON GRACE
- EVE (Paragons of Beauty) – SOLOMON GRACE
- BATHROOM SELFIES (Just Towels) – ARNAUD BOLT
- LUSTFUL HOUSEWIVES – SOLOMON GRACE
- MILLION DOLLAR$ HUMP #1-3 – ARNAUD BOLT
- WHITE, WILD & FLAWLESS – ZORO
- LADIES IN LINGERIE – ROBERT KELLY

And many other avant garde photo-books to get your imagination set up like fireworks.
Get them on all leading online stores.

OTHER BOOKS BY PIPIT INC.

- Seraph by Mary Jade Monroe
- Unbound (Season 1-30) by Rosalie Banks
- MJ- Misunderstood by John .J .Perry
- Pegasus by Mary Jade Monroe
- This Ma$terpiece Called WOMAN by Zoro

https://summercolors635662386.wordpress.com

MADRE CATTIVA

LOLA NIKE

IL LIBRO EROTICO PIÙ CALDO DELLA RETE!

Milton Keynes UK
Ingram Content Group UK Ltd.
UKHW030822010824
446326UK00001B/51